私は
ハプニングマインドで
できている

リリコ

東京図書出版

はじめに　人はハプニングから逃れられない

「人生は選択の連続」だとよく言われる。しかし、一瞬一瞬を意識的に選択して生きているわけではない。それは極度の緊張を強いることにもなるので、ふつうはそういう生き方はしないし、多分できないだろう。

私たちは「今日の次には明日がやってきて、明日も今日と同じように過ぎていくだろう」と漫然と感じながら日々を送り、相応の選択をしながら過ごしている。しかし、「一寸先は闇。いつ何が起こるかわからない」と、予期せぬハプニングが起こる可能性を、心の隅で意識しながら過ごしてもいる。

確かに、人は誰しも生きている間に、数々の悲喜こもごものハプニングに遭遇する。五感や人智で予期できないものが多過ぎるから、思いもかけない出来事＝ハプニングが起こるのだ。よって、人生にハプニングはつきもの。人はハプニングから逃れられないのである。

ハプニングは、選択の連続の中で起こることも、また、その人の意識や人生の外側にあって、ある日、突然、その身に降りかかってくることもある。いずれにしても、ハプニングに遭遇すると、人はそれに向き合わされ、その人の選択の領域に取り込まれ、何らかの選択を迫られることになる。

ハプニングが迫った選択が、選択の連続の中に入ってしまえば、それは「選択の連続である人生」の一部となる。私はこの観点から、私が遭遇した悲喜こもごものハプニングに焦点を当てて、十人十色の私の人生がどう形作られたかを語っていきたいと思う。

この書では悲喜こもごものハプニングの引き金となった事象や言葉をそのまま目次の文言にしている。この文言から、どんなハプニングや選択や人生が展開されるのだろうかと、想像をめぐらせながら、読んでいただけることを期待しております。

補足

この書の著述にあたって使用させていただいた他者の文献などを、各話末に【出典】として記載した。

なお、

①直接引用した箇所は［　］でくくり、その箇所の前に該当する文献などの記述がないときは、（　）に文献名などを記載した。

②参照し、著者の言葉で書いた箇所は「　」でくくり、その箇所の前に該当する文献などの記述がないときは（　）に文献名などを記載した。

③著者の考え方をまとめるときに参考にしたものは、【出典】に文献名のみ記載した。

私は
ハプニングマインドで
できている

目次

1話

愛犬レオは、飼い主が好きで好きでたまらなかった

拾われてきた犬の「レオ」は、飼い主によく懐いて、飼い主が好きで好きでたまらなかった。5歳くらいのとき、体調不良となり、ぐったりしてきた。父親はフィラリア症の症状とよく似ていると言う。

私の父親は小都市の地方公務員で、市の水道局に勤めており、私が8歳のとき、市民に水を供給する水源地に異動になった。水源地はダム、給水管、貯水池、貯水タンク、水質検査室、職員が住む官舎などからなっており、市街地と茫洋とした別府湾を一望できる小高い山の中腹にあった。

水源地の施設周辺は整地され、手入れが行き届いていて、小ぶりな野の花が咲き乱れる庭園風の野原であった。官舎は5軒。私の家族はその1軒に住むことになった。官舎の周囲は住人が開拓した畑や果樹や笹薮に囲まれ、その奥は竹、椋、杉などの大木が茂る森だった。潤沢な自然に恵まれ、空気は爽やかで、住環境としても申し分なかった。

妹が小学生のとき、体長20センチくらいの丸っこい可愛い子犬を拾ってきた。いい名前を付けてあげようと模索した結果、「レオ」と名付けた。洒落てて品のいい名前だ。犬小屋を作ったが、街中ではないので、紐で繋がず放し飼いにした。レオは野原や森を走り回り、のびのびと自由闊達に過ごしていた。食欲も旺盛で、瞬く間に筋骨隆々、逞しくかつイケメンの格好いい成犬になった。

レオは飼い主によく懐き、飼い主が好きで好きでたまらないようだった。まず、飼い主の妹や私のお迎えをする。私たちが学校から帰宅する2時間くらい前から、眺めのいい場所に行って、前足を伸ばして座って待っている。2時間も待つのは、超気長なのかおバカなのかのどちらかだ。レオに見つかったら、大変だ。飛びかかって顔をベロベロ舐められ、からだが押し倒されそうになる。だが、これは喜びの表現だから、我慢して受けた。レオを見ていると、忠犬ハチ公の伝説は間違いないと確信できる。「ハチ公は1923年11月生まれ」(「ハチ公生誕100年！ 謎解き散歩」)だという。この原稿を書いている今日は、その100年後にあたる。ハチ公の魂が私の魂に呼びかけてくれたのだろうか。

レオの話に戻る。レオは、また、どこにでも付いてきたがる。どこに行くか、服装や履物ですぐわかるようだ。私たちが長靴をはくと、はしゃぎまわり、自ら先頭に立ってダムに向かって歩きだす。ときどき振り返っては立ち止まる。「遅いなあ。早く来てよ」と促しているのだ。レオは、私たちが長靴をはくと、行き先はダムに流れ込む川だとわかっているのだ。レオは川の浅瀬で腹を浸し、ピチャピチャと水浴びに興じ、飽きもせず楽しんでいる。

さらに、寂しがり屋でいつも傍に居たがる。犬小屋があるので、夜はそこで過ごせばいいのに、3日に1回は、居間のガラス戸をトントンと前足で叩いて合図する。戸を開けて居間に入れてあげると、廊下に陣取って、前足を床の上に伸ばして座ってくつろいでいる。「俺も仲間に入れてよ」ということなのだ。その傍では飼い主の家族が揃ってテレビを観たり、お茶を飲んだり、おしゃべりしたりして和やかに過ごしている。数時間してみんなが寝る頃には外に出すが、レオはそれで満足なのだ。大好きな飼い主の傍に居ることができたから。

猫は自分本位でプライドが高く、飼い主の思うようにはならないが、犬は飼い主に忠実で従順で、飼い主を慕うと言われて居る。確かにそうだ。だが、これほど慕われると、何か切なくもなる。拾って育ててもらったことへの感謝の気持ちを犬はもてるのだろうか？

しかし、平穏で幸せな、レオの居る日々はいつまでも続かなかった。

レオが5歳になった頃から体調不良の様子を見せ始めた。元気がない、食欲不振、息苦しそうという症状が出てきた。いつもつらそうに横たわっていて、「ワン」とも言わぬ。外で過ごさせるのが心配で、玄関に布団を敷いてそこで過ごさせていたが、私は「どうしたの？」と声をかけながら、からだをなでたり、さすってあげることくらいしかできなかった。

ほどなく、父親が「レオはフィラリア症にかかっているようだ」と言いだした。知人が言っていたフィラリア症の症状とよく似ているそうだ。当時、犬を飼う人に最も恐れられていた致死的な病気だ。多くの犬がフィラリア症で命を失っていた。蚊が媒介する寄生虫病で、予防法も治療法もないという。山の中に住んでいるから、蚊には思いっきり刺されているはずだ。どうしてあげることもできなくて、家族は気が滅入っていた。

そんなある日、レオが忽然と姿を消した。その頃は、犬や猫は、死期を悟ると、本能に支配され、飼い主の元を去って、見守られることもなく死んでいくと言われていた。たとえ飼い主と犬が強い愛情で結ばれているように見えても、しょせん犬は犬。犬と人との間にある、種の壁は絶対に越えられないのだ。

凄絶のハプニングだった。

もしかしたら、レオも死期を悟って、居なくなったのではないかと悲観しながらも、どこかでまだ生きているかもしれないという望みを捨てきれなかった。焦燥感にかられ、家族総出でレオ捜しに明け暮れた。身近な所から始まり、日を追うごとに捜索範囲を広げていった。瀕死の身では遠くには行けないと思ったが、念のため、家から20分ほど離れた、レオが好きだったダムに流れ込む川にも行った。「レオ！」「レオ！」と大声をあげて名前を呼び続けた。だが、虚しくこだまが返ってくるばかりだった。

レオの失踪から5日後、**究極の凄絶のハプニングが起こった**。

隣家のスピッツが、うちの周りの笹薮に入っていくのを、偶然、見かけた父親は、気になってスピッツの後を付け、笹薮に入っていった。何とそこで断末魔の苦しみによだれを垂らし喘いでいるレオの姿を目にしたのだ。父親はその凄まじさに怯えて、急いで家族の元に戻り「レオがすぐ傍の笹薮に居る。見に行くんじゃないぞ」と涙をにじませながら、私たちに言い含めた。

レオがこれほど近くに居たとは思いもしなかった。距離にして10メートルくらいしか離れておらず、うちの敷地内だ。体力がなくてそれ以上遠くへは行けなかったのか？　違うと思う。私たちが大好きで、大好きで、恋しくて、寂しくて傍に居たかったのだ。ならばわざわざ姿を消すことはないが、犬の本能がそれを許さなかった。レオは、人と犬を分断する種の壁のギリギリのところで、最後の力を振り絞っていたのだ。切ない思いに押しつぶされ、私は泣きに泣いた。泣きながらレオと過ごした日々のことを追想した。

そこで一つ思い付いたことがある。レオがダムに流れ込む川で腹を浸していたのは、発熱していてからだが熱かったから、腹を冷やしていたのではないかと。もう、その頃は発病していたのかもしれない。元気いっぱいだったから気付きもしなかった。気付いたとて何もできないのだから、これでよかったのだと無理やりに自分に言い聞かせていた。

数日後、父親は私たちが居ないときを見計らって、レオの遺体を笹薮から運びだし、庭のイチジクの木の根っこに埋葬し墓を作った。私たちに見せたくないほど遺体は傷み、腐っていたのだと思う。墓を掘り起こしてでも、レオの遺体に会いたいとの衝動にかられたが、やはり、怖くてできなかった。「レオの望み通り、これからもずっと私たちの傍に居られるんだね」と思うことで、私は気持ちを癒すしかなかった。

犬は嗅覚が優れていて、人間の1億倍くらいまで感知できると言われている。レオのところに行ったスピッツは、鋭い嗅覚でレオの存在に気が付いたのだ。もし、犬語があるとすれば、どんなことを話していたんだろう。知りたいけれど、人間には犬が何と言おうとも「ワン、ワン」としか聞こえない。ふだんは何の不便も感じないが、こんなときには犬並みの嗅覚や聴力がほしいと思った。

レオが、人恋しさのあまり、予想できぬほど近い所に居て、そこで悶え苦しんで死んだという凄絶のハプニングは、私の人生を変えた。犬を愛することが私を想像もできぬ深い悲しみに突き落とした。こんなつらい経験は私はもうしたくない。犬の人懐っこさが、こういうときには余計につらい。もし、ペットを飼うなら、人にあまり懐かない動物でなきゃだめだ。私の心は折れて、この先、二度と犬は飼わないと胸に刻み付けた。

翌年、イチジクの木にイチジクの実が例年の何倍も付いた。「これもレオのお陰かね」と母親は言う。その10年後、実家は山の中腹の水源地から下りて、街の住宅地に引っ越した。そのとき、母親はイチジクの木の根本から、レオの遺骨を掘りだして、新しい家の庭の隅に埋めた。レオが願ったように、レオは大好きな飼い主の傍で安らかに眠っている。

それから60年後、私は縁あって著名な獣医さんのご著書『動物病院119番　感謝』を読んだ。その冒頭に「獣医を目指したきっかけ」が記されていた。何と、愛犬がフィラリア症で死んだので、その敵を討つためだったという。私は逃げ腰の消極的な生き方しか選べなかったが、やはり有能で根性のある方は違う。その方は私とほぼ同年代、フィラリア症が犬と飼い主の幸福を奪っていた時代を共有しているが、選んだ人生は真逆であった。

また、その本で、フィラリア症は今は予防できる病気であることを知った。2015年のノーベル生理学・医学賞は、アフリカや中南米始め世界各地で猛威を振るっている、寄生虫感染症に効く薬を発見した北里大学特別栄誉教授大村智氏等が受賞した。「実はその薬・『イベルメクチン』は動物の寄生虫病に1981年から先行投与されていて、フィラリア症にも使われていた」という。その薬を定期的に飲むことにより予防が可能になったのである。せっかくの予防薬だ。飼い主の方には、ぜひ、予防を心がけていただきたいと思う。

さらに、昨今は犬や猫は室内飼いなので、病気になって死期を悟った犬や猫が、飼い主の元を離れ、ひっそり誰も知らない所で死んでいくこともなくなった。動物病院や飼い主の元で手厚く看病されて死ぬのである。

だが、それでも胸に刻み付けた私の思いは変わらない。私は犬は飼わない！　レオの凄絶な死を追悼し、私を、好きで好きでたまらなかったレオの気持ちを、精いっぱい慈しみ、楽しかった日々を追想して過ごしたい。それがレオの気持ちへのせめてものお返しである。私の心の中にはいつもレオが生きていて、折れた心を和ませてくれている。

【出典】

「ハチ公生誕100年！　謎解き散歩」ＮＨＫ（https://www.nhk.or.jp〈首都圏ナビ〉ひるまえホット）

兵藤哲夫『動物病院119番　感謝』神奈川新聞社　2021年

2話

器用な猫もいるもんだ

飼い猫の「にゃんた」は器用な猫で、面白い水の飲み方を度々披露し、私を楽しませてくれていた。

前話で述べた理由で、私はその後、犬は飼わなかったが、猫は何匹も飼ってきた。どうやら猫は我が家を猫好きの家と感じるのか、わざわざ猫を求めたりしなくても、猫のほうから、私の家に入り込んで、居座ってしまって、いつのまにか我が家の住人になってしまうのだ。そういう猫は5匹。また知人からいただいた猫は3匹。合計8匹も飼ってきた。同時に2匹居たときもあった。

最後に飼った猫は18年も生きて、2011年9月に逝った。このとき、私は65歳、夫は70歳で2人とも「前期高齢者」。猫に長生きされると私たちで世話をできなくなるときが来るので、その猫でおしまいにした。

猫は自己本位で、気が向かないと、呼んでも知らん顔。なのに飼い主が他のことにかまけて、放っておかれると、嫉妬して、邪魔をする。固定電話で電話をかけていると、電話機の上に飛び乗って、通話を遮断したりもする。かと思うと、喉をゴロゴロ鳴らしながら、足元にまとわりついてくる。猫の本心がどこにあるかわからず、とかく、付き合いにくい。犬のように、誠心誠意、飼い主を慕い、従順であるとは言えない。

だが、自由奔放に生きているがゆえに、猫の本性を露わにした面白い行動を披露し、飼い主をメロメロにしてしまうこともある。

にゃん太郎は、はす向かいの雑貨屋から、「かっぱえびせん」1袋を盗んで口にくわえてきて、私たちの前にポトリと落とした。「お酒のおつまみにどうぞ」ということらしい。私が菓子折りをもってそのお店にお詫びに行ったのは言うまでもない。

ハヤトは近くのお宅と私宅、二股をかけ別宅通いをしており、そこに毎日通い、昼寝をしておやつをもらっていた。そのお宅では「クロ」と名付けて可愛がっていた。てっきり野良猫と思い込み、他家の飼い猫とは思ってもなかったそうだ。したたかな猫だった。猫は名前なんかどうでもいいみたいだ。苦労して名前を考えても無駄かもしれない。

シロは狩猟の名人で、雀を一度に2羽仕留め、口にくわえて、私たちのところにもってきて、ポトリと落とす。「凄いだろ」と自慢しているのだろう。猫には戦利品を自慢したがる癖があるようだ、枕もとに蛇をもってこられて、ゾッとしたという話を聞いたこともある。

タマは押し入れの天井に小さな隙間を見つけて、そこから屋根裏に入り、屋根裏を周遊して別の押し入れから出てくる。夜中の静寂の中で、屋根裏からかすかに聞こえてくる物音に気が付いて、原因を探っていたら、タマの仕業とわかったのだ。猫は押し入れくらいは自分であけることができるのだ。古い名画にイングリッド・バーグマンとシャルル・ボワイエ主演のサスペンス映画『ガス燈』がある。私はそれを連想して、タマの屋根裏徘徊を面白がったものである。その最中、部屋の電燈が薄暗くなるということはなかったけれど。

ミケは、家出して、何日も戻ってこなかった。獣医さんへ写真を送り、「この猫が来たら、ご連絡ください」と頼んだが、反応は全くなかった。どこか遠くへ行ってしまったか、交通事故に遭って死んだのかもしれないと諦めていたら、何と半年後にやつれて帰ってきたのだ。ミケは自分の食器があった所へ直行した。私たちが呼んでも、近づいてこない。飼い主のことは記憶にないのだ。「猫は家に付く」というのは間違いない。

猫の面白い仕草、習性のほんの一部を述べた。猫は摩訶不思議な魅力に満ちている。思いもかけぬことをする、ハプニングに満ちた生き物だ。

にゃんたは野良猫で、うちの庭をウロウロしているうちに部屋に上がり込んで、そのまま居ついてしまった三毛猫の雄だ。年齢はわからないが、外見などからして中年だと思えた。にゃんたも面白い動作をして私たちを笑わせていた。

食卓に水の入ったコップがあると、ヒョイと食卓に飛び乗ってくる。

そしてコップの水を飲もうとして、顔をコップの中に入れようとするが、顔の方が大きくて、入らない。すると、コップに手を入れ、手先に水を付けて、それを舐める。何度かそれを繰り返すと満足して、食卓から離れていく。「水が飲みたいんだろうけど、器用な

飲み方をするもんだ」と笑いながら、感心していた。

また、私たちがトイレに行くと、ドアの外で待っていて、用が済んでドアを開けて出ると、にゃんたが「待ってました」とばかりにトイレに入っていく。何をするんだろうと見ていたら、便座の縁に手をかけて便座に取り付き、便器の中にある水を飲んでいる。「そんな水がおいしいのかな」とこれも笑って見ていた。

さらに私が台所で、水道水を流しながら、洗い物をしていると、傍にやってきて、顔を突き出して、水しぶきを浴びながら、水を飲んでいる。ちゃんと猫用の水の入れ物に水を入れて置いてあるのに、変わった飲み方ばかりする。変な猫だ！　と思い始めた。

そのうち、にゃんたは体調を崩し、痩せてきて元気がなくなってきた。低い台に上がる力もなくなっていた。しかし、とき、既に遅し。一度獣医さんに診てもらおうと思っている矢先に静かにあの世に旅立った。

にゃんたが旅立ち、ひと月たった頃のことだ。台所の戸棚の一番下に置いてあるガラス鍋に、濃い黄色い水が溜まっているのに気が付いた。よく見ると、濃縮された尿のようであった。その頃はにゃんた1匹しか飼っていなかったので、にゃんたの尿だと思った。だが、なぜだ？

不可思議なハプニングだ。

にゃんたも他の猫同様、排便は庭の草むらでしていた。穴を掘って排便し、その上に土をかけて跡を隠していた。排尿は後ろ足の片側を上げて、周囲の草にひっかけていた。そうしていたのに、なぜ、家の中で、それもガラス鍋にするようになったんだろう。

排泄する場所がわからなくなって、辺りかまわずどこにでもするのは認知症の症状だと、そのとき気が付いた。にゃんたは実際はかなり高齢で、既に呆けが始まっていたのかもしれない。

器用だと笑って見過ごしていた水の飲み方も、ふつうではないと思えてきた。

器用なのではなく、いつも喉が渇いていて、水があればどんな水でも飲みたかったのだ。それでコップの水やトイレ便器の水、台所の水道水も飲んでいたのだ。多飲である。きっと、糖尿病だったのだ。認知症の発症も糖尿病が原因の一つであったかもしれない。糖尿病で腎臓をやられ、それが進行して腎不全を起こしていたのが直接の死因だろうと推察した。

糖尿病であれば、人間と同様な治療法がある。インスリンを補充して血糖値を下げるのだ。「器用な飲み方をする」と言って笑っていた自分がアホのように思えて、情けなくなった。慢性腎不全にも治療法があった。もっと早く気付いてあげたかった。

猫も人間同様の病気にかかること。これをしっかりと頭に刻み付けておかなければと自分を戒めた。

にゃんたはうちでは6匹目の猫だ。それ以降の猫は病気に気を使い、健康管理を十分にしたら長生きした。7匹目のキチは慢性腎不全の治療を4年半受けて17年生きた。8匹目の猫は唯一の雌猫で、18年生きて悪性リンパ腫で私の家で息絶えた。遺体はからだ中の水分を使い尽して薄いせんべいのように薄っぺらだった。苦しむこともなく、静かに亡くなった。長生きしても最期は病気で死ぬ。人間と変わらぬ生き物の宿命だ。

猫の亡骸は庭の土地に埋葬している。行方不明の猫を除いた7匹が永遠の眠りについている。後年、自宅を売却したときに、買主の建設会社の人に伝えておいた。「土地を掘り起こして、骨が出てきても驚かないでください。猫の骨ですから」と。

3話

『ジェーン・エア』？　C・ブロンテ？ 読んでみようかな

高校の図書室で借りた『ジェーン・エア』。気楽に読み始めたのに、その本から放たれる魔力に絡まれて、読まずにはおれなくなった。傍にあれば、何度も読みふける。

私は読書家ではないので、これまで読んだ本は多いとは言えない。また、文学よりも社会科学系の本に関心がある。シャーロット・ブロンテの『ジェーン・エア』は、私が読んだ数少ない文学小説の一つであるが、私はそれに我を忘れて夢中になり、衝撃の渦に巻き込まれてしまったのである。

私は１９６０年代前半に高校生活を送ったが、大学入学を目指し進学校に通っていた。一応、受験勉強もそれなりにやった。だが、読書や映画もそこそこ楽しんでおり、試験が終わると、本を読み、映画を観に行くことが習慣になっていた。その頃、読んだ本では小田実さんの『何でも見てやろう』が、観た映画では『ウエスト・サイド物語』が印象に残っている。

高校2年生のとき、校内の図書室で文庫本の『ジェーン・エア』に目が留まった。著者はC・ブロンテ。それを大久保康雄氏が翻訳している。『ジェーン・エア』もC・ブロンテも私にとっては、未知のものであった。「『ジェーン・エア』？　C・ブロンテ？　どんな小説なんだろう。読んでみようかな」。好奇心にかられ、上下2巻を借りて、その日の夜から気楽な気持ちで読み始めた。

その本はヒロイン・ジェーンが自らの半生を語る回想録であった。ジェーンの語り口は率直で、辛辣で、力強く、凛とした生き方が切々と伝わってくるものであった。

物語の舞台はイギリス。ゲーツヘッドの義叔母宅で虐められた幼児時代、そこから送られたローウッド慈善学院で悲惨な体験をした後、ソーンフィールド館の家庭教師となって、20歳も年上の当主・ロチェスターと出会い、フォーリン・ラブ。しかし、2人の結婚式の最中にロチェスターに狂人の妻がいることが発覚。ジェーンはロチェスターの元を去り、逃避した先でムーア・ハウスの牧師のセント・ジョンに助けられる。何と彼は従兄であった。やがてインドでの伝道へ向かうセント・ジョンからも求婚され、それを受けようと決意したときに、「ジェーン」を呼ぶロチェスターの声を遥か彼方から聴いて、ファーンディーンのロチェスターの元に駆け付け、再会を果たす。だが、ロチェスターは館に放火した妻を助けようとして（その甲斐なく妻は亡くなったが）大怪我をし、片腕をなくし失明していた。もう2人の愛を遮るものはない。2人は結婚し幸せな日々を送る。ジェーンは五つの地を渡り歩き、最後に安住の地に辿りついたのだ。ざっと言えばこんなストーリーである。また、この小説の中で、女性であるジェーンから先に男性に愛を告白したり、「女性にも活躍の場が必要」と述べるなど、「男女平等」、「女性の自立」の主張もしている。

私は読み始めると、ジェーンがソーンフィールドへ向かう辺りから、グイグイと作品に惹き込まれ、読むことを止められなくなった。徹夜で読み続け、翌日・日曜日には上下2巻を読み終えた。読み終えてもすぐ、また読みたくなる。本を図書室に戻したあとは、本屋さんで同じものを買い求めて、手元に置き、いつでも読めるようにして、熱病にかかったように何度も読んだ。沼にはまってしまったのだ。「ジェーン沼」という沼に。抜けだそうともがいても、抜けだせない。

想定外の厄介なハプニングだ。

「読みたい。だが、読み始めると止められないから、読んではいけない」と煩悶しながら読みふける日々が続いた。こんな状態では受験勉強が滞ってしまう！　今は『ジェーン・エア』より受験勉強のほうが大切な時期なのに。

ふと、親しい友人Hさんのことを思い付いた。彼女とは日頃、よくおしゃべりをしている。私が『ジェーン・エア』に夢中になっていることも話している。彼女ならきっとわかってくれるはずだ。悩んだ挙句「このあいだ話した『ジェーン・エア』を大学入試が終わるまで、預かってくれない？」と彼女に頼み込むと、彼女は快諾してくれて、『ジェーン・エア』上下2巻を預かってくれた。

まさか、これほどのめり込むとは想像だにしていなかった。この「沼にはまる」という表現は、決して大袈裟なことではなかったのだとあとで知った。日本では2006年に翻訳が出版された、ジュリエット・バーカー著の伝記『ブロンテ家の人々』にもこの辺の詳

しい記述がある。

出版社（貸本屋）に届いたシャーロットの原稿を読んだ閲読者が「熱狂して大騒ぎした」。「原稿を読み終えるのに夜中まで起きていた」社の熟達した原稿審査係が社主に読むよう勧めたところ、社主は読み始めると「ただちに物語の虜になった」。馬に乗って友人と散歩する時間が来ても、「本を手放せなかった」。友人との約束もキャンセルし、読み続けた。昼食はサンドイッチを頬張りながら読み続けた。「夕食の時間が来た。夕食は早めに切り上げ、その夜、寝る前に原稿を読み終えた」と述べるほど惹き込まれてしまったのである。この人たちはみんな男性である。女性が主人公の自伝的物語であるのに、男性でも虜になるような本なのである。

アメリカでは「『ジェイン・エア・フィーバー』」（『「ジェイン・エア」を読む』）という病にかかるほど熱狂する人たちが相次いだという。私もその熱病にかかってしまったのだ。

日本では、大正・昭和期に英文学者として『ジェーン・エア』の研究に貢献し、翻訳書の出版に道を開いた岡田美津さんが、留学先のボストンで、本を見つけて読み、「生まれて以来あれ程に惹きつけられ、魅せられ、有頂天にさせられた物語はかつて無かった」（『ブロンテ受容史研究』）との感動を伝えている。

では、なぜ、人は「ジェーン沼」にはまるほど『ジェーン・エア』に惹かれるのか。私はこう思う。シャーロットは物語を、写実的にではなく、想像力と高揚感に任せ、激情、ロマンス、ドラマティック、ゴシック仕立てで描いた。その手法＝ロマン主義的手法が読者をワクワクする世界に惹き込むからではなかろうか。「夏目漱石が『文学論』で写実家・オースティンの対比として取り上げたのは『ジェーン・エア』だったという」（「ブロンテ姉妹はいかに読まれたか――日本におけるブロンテ受容」）。何だかわかる気がする。

シャーロットが次作を検討していたとき、ある批評家は［「メロドラマに注意し」］、［「写実にこだわる」］、［「経験の領域からあまり迷い出ないように」］（『ブロンテ家の人々』）とシャーロットに警告したという。それは即ち『ジェーン・エア』は、メロドラマ過ぎ、写実的でなく、経験できないようなことを描いているということである。だが、人々が渇望していたのはまさにそのような小説ではなかったのか。

私は当時17歳。ヒロインとほぼ同年齢。まだ恋も知らず、恋愛に憧れていた私が冷静でいられるわけはない。私はジェーンとロチェスターのワクワクする世界に惹き込まれ、ジェーンに成り代わってロチェスターに恋してしまったのだ。愛しのロチェスターに会いたい一心で、ロチェスターを追い求め続け、沼にはまっていったのだ。

『ジェーン・エア』はビクトリア朝期の１８４７年10月にロンドンで出版された。当時のイギリスは、男性優位の家父長制社会であり、中流階級以上の女性は、結婚して家庭に入り、慎ましく従順でお上品な「家庭内天使」となるよう求められていた。結婚できなければ、家庭教師になることが、中流階級の対面を保つためにどうにか許されていたくらいで、女性の活躍の場は殆どなく、女性にとってとても生きづらい社会であった。シャーロットと妹のエミリーとアン、3人とも家庭教師職に何度も就き、意に添わぬ扱いを受け辛酸を舐めている。

そういう時代に生まれた『ジェーン・エア』は出版されるや否やたちまち大ベストセラーになり、速やかにアメリカや大陸にも広まっていった。

ジェーンの訴える「女性の自立」、「男女平等」はビクトリア朝期の価値観によって「はしたない」と非難されたが、フェミニスト的立場の人たちからは支持されるなど、非難と支持、両方の立場から話題になった。

「『ジェーン・エア』が日本に入ってきたのは出版から40年たった明治中期で、女性の啓蒙を主眼とした『女学雑誌』で紹介されたのが最初だという」(『ブロンテ受容史研究』)。明治・大正期を通して一部の研究者・知識層に関心をもたれたが、庶民が読むには日本語への完全な翻訳が必須である。「昭和初期・1930年に世界文学全集に完訳本が組み込まれて」(『ブロンテ受容史研究』)、多くの人に読まれる時代の先駆けとなった。その後、映画の輸入やDVD、ミュージカルなど多様なジャンルで多くのファンを得て、現在に至っているという。

大久保康雄氏翻訳の文庫本は1954年の発行だが、今、我が家にあるものは2010年の91刷である。これは昭和から今日までの約100年間、常に少なからぬ一定のファンが日本にもいるという証拠である（なお「ジェーン・エア」は「ジェイン・エア」と表記されることも多いが、本書では大久保康雄氏訳の「ジェーン・エア」を原則使用する）。

『ジェーン・エア』を友人が預かってくれたお陰で、私は元の生活に戻ることができ、受験勉強に専念し、念願の大学へ合格できた。気楽に読み始めた本にこれほど心酔し、翻弄されるとは思いもしなかった。『ジェーン・エア』が私にもたらした想定外のハプニングは、私の青春の記念碑として生涯、残り続けるだろう。

大学、就職、結婚と人生の経験を重ねていくうちに、「ジェーン沼」からは自然に抜けでたが、それでも『ジェーン・エア』を慈しむ気持ちは尽きることはなく、私の心に楽しい刺激を与え続けてくれている。

【出典】

C・ブロンテ『ジェーン・エア』大久保康雄訳　新潮文庫上下巻91刷　２０１０年
岩上はる子『ブロンテ受容史研究』文部科学省の基礎研究Cによる研究　補助金による研究報告書　２００４から２００７年
岩上はる子「ブロンテ姉妹はいかに読まれたか――日本におけるブロンテ受容」『ブロンテと19世紀イギリス』日本ブロンテ協会（編集）　第3章　大阪教育図書出版　２０１５年
白井義昭『シャーロット・ブロンテの世界』彩流社　２００７年増補版
ジュリエット・バーカー『ブロンテ家の人々』中岡洋・内田能嗣監訳　彩流社　２００６年
中岡洋（編著）『「ジェイン・エア」を読む』開文社出版　１９９５年

4話

シャーロットに導かれて、イギリスへ旅立った

作品が魅力的なら、その作者についても知りたくなるのは至極当然のことであろう。私は伝記や評論を読んで、作者・シャーロット・ブロンテへの関心を深めていった。

シャーロットの人生と作品に最も影響を与えたのは「ブリュッセルの学院の師・エジェ氏との失恋に終わった恋愛である」と、私が読んだ本では、ギャスケル夫人による伝記を除けば、大体どの本にも書かれている。シャーロットは生涯に『ジェーン・エア』含め四つの小説を出版したが、「このいずれもエジェ氏との恋愛を土台にしており、エジェ氏に風貌や人格が似た人物や、教師・妻帯者と貧しい女性の恋愛が描かれている」(『シャーロット・ブロンテの世界』)というのである。ならば、『ジェーン・エア』のロチェスターはエジェ氏であろう。

前掲の伝記『ブロンテ家の人々』では、「父・パトリックの眼の手術に同行して滞在し

たマンチェスターでの日々」を語るところで、他の書にはない生々しい筆致で、シャーロットのエジェ氏への思慕を描いている。私はこの中に、高校生だった私を、ワクワクする世界に惹き込み、「ジェーン沼」にはめた魔力の根源を見いだすことができた。

「創作という手段を通して、シャーロットはこの四、五年間魂の中で発酵し続け、捌け口のなかった感情のすべてをやっと表現することができた。彼女はムッシュー・エジェへの愛をあのように慎みのない言葉で言い表すことはできなかったが、ヒロインならできるし、しようともする」としてヒロインにその役を演じさせた。エジェ氏への手紙には激しい愛の言葉を書けないので、代わりにジェーンに言わせるということである。

ロチェスターはエジェ氏の分身である。ジェーンはシャーロットの分身であり、シャーロットがエジェ氏に言いたかったことをジェーンに言わせ、エジェ氏に言ってもらいたかったことをロチェスターに言わせた。それによって、失恋に終わったエジェ氏への思慕を創作の世界で結実させようとしたのだ。

これが『ジェーン・エア』に溢れる激情とロマンスの根源だと私は確信した。読者をワクワクする世界に惹き込むロマン主義的手法の根源にあるのはこれなのだ。シャーロットがエジェ氏に恋焦がれていたというリアルな現実なのだ。

エジェ氏への思慕については私も興味がそそられる。だが、これまでの話は、シャーロットの思慕をエジェ氏が無視したから、起こったことである。

もし、ハプニングが起こって、エジェ氏がシャーロットの気持ちを受けとめていたら、どうなったのであろう？　エジェ氏には妻がいるので、愛人関係になるか、離婚などで妻を捨て、再婚するかのどちらかしかないであろう。一方、シャーロットは不倫を認めない。それは『ジェーン・エア』の中に貫かれている。ロチェスターに妻がいることがわかったとき、ジェーンはロチェスターの元を去る。ファーンディーンでロチェスターと結婚させるために、ロチェスターの妻を殺しもした。

シャーロットは、妻のいるエジェ氏にラブレターを送り続けた。これがどれほど危険な行為であることかわからぬはずはない。シャーロットの死後2年後に伝記『シャーロット・ブロンテの生涯』を世に出したギャスケル夫人も、執筆中に、シャーロットがエジェ氏宛てに出した手紙に思慕をかぎとって、「シャーロットに不倫は合わない。まずい」と感じ、事実を曲げた。「一部は引用したが、エジェ氏への激しい思慕が表されている部分は削除したと言われている」（『シャーロット・ブロンテの生涯』の「まえがき」）。

妻がいる人を愛し、ラブレターを書き続けることは、当時の人も現代の人も、道徳的に正しいことではないと思って自粛する。だが、「恋は盲目」で、ハプニングは人生につきものだ。盲目になる人と出会ってしまうこともある。そうなると他人の目も道徳も理性も失って、ひたすら恋路を走ってしまうことになる。

シャーロットが「現実にはできなかったが、創作の中でならできる」と考えた「結婚」を、本人は、慎み深く抑制したつもりでいるが、私には本気で求めていたとしか思えない。並々ならぬシャーロットの激情と無謀！　これこそ生身のシャーロットだなどと想像をめぐらすと、シャーロットが愛おしくなり、親しみが湧いてくるのである。

シャーロットがエジェ氏へ宛てた手紙4通がイギリスの大英博物館に所蔵されていると知った。シャーロットがエジェ氏に宛てた手紙は、エジェ氏は読んだか、読まなかったかはわからないが、「破ってゴミ箱に捨てていた。エジェ夫人はそれを拾い、破れた手紙を糸で縫い合わせて復元していた」（『シャーロット・ブロンテの世界』）。「その手紙をエジェ氏夫妻の没後、夫妻の子息が大英博物館に寄贈したことが、『タイムズ紙』に載り、公表された。1913年のことである」（『シャーロット・ブロンテのラブレター――公と私の関係』）。その公表によってエジェ氏へのシャーロットの思慕が単なる噂ではなく、確定的な事実として知られてしまったのである。以来、大英博物館に行けば、誰でもその手紙を見ることができることとなったのである。

私もその手紙が見たい！　イギリスに行こうと思い立った。

これは跳躍のハプニングだ。

私は飛行機恐怖症で、国内線にもなるべく乗らないようにしていた。そんな臆病者の私が、11時間も恐怖の飛行機に乗ってでも、イギリスへ行こうという気持ちになったのだ。シャーロットの磁力に吸い付けられてしまったのだ。

私は、外国旅行に慣れていて英語にも強い友人と2人でイギリスツアーに参加した。そのツアーの行き先には、ブロンテ一家が暮らしたハワースも、ロンドンの大英博物館も含まれている。私は、その友人には、シャーロット・ブロンテへ関心を寄せていることは話していたが、大英博物館にあるシャーロットのつぎはぎの手紙を見たいということは、恥ずかしくて言ってなかった。

この旅行で、嬉しいハプニングが次々に起こった。

まず、飛行機は非常に安定した飛行で、足元がガタガタ揺れることさえも殆どなく、乗っていても怖くはなかった。飛行機が揺れるのは高度や機体の大きさとは関係がなく、乱気流によるものであることは知っていた。運よく、往復とも長時間乗っているにもかかわらず、乱気流に遭わなかったのだ。

その飛行機の中で、突然「ハッピーバースデイツーユー」、「ハッピーバースデイツーユー」という歌声と拍手を浴びせられて驚いた。見ると、3人の客室乗務員が私を取り囲んでいた。「あ、そうか。今日は私の誕生日だった。67歳になったのだ」と気が付いた。このサプライズは友人のお膳だてだ。湖水地方のミンダナオ湖近くのホテルでは、ティー・タイムに大きなバースデイケーキが用意されていて、ツアーの仲間全員で誕生日を祝ってくれた。これも彼女がこっそり、準備してくれていたのだ。また、パールの首飾りのプレゼントまでいただいて、まさに至れり、尽くせり。彼女の心遣いにただただ感謝した。異国で迎えた67歳のサプライズだらけの誕生祝は、生涯の思い出となるだろう。

このツアーはロンドンのヒースロー空港で時間待ちしたあと、英国航空の飛行機でエジンバラに向かい、そこからバスであちこち寄りながらストーンヘンジまで南下し、ロンドンに戻るというコースである。

途中ハワースにも寄ってブロンテ牧師館博物館・教会にも行った。私はその10年前、蓼科高原の「バラクライングリッシュガーデン」で開催された、シャーロットの遺品の展示会を見に行っている。その遺品はここから貸し出されたものだ。そのため特別に目を惹くものはなくて時間をもて余していた。後ろに広がる荒野に行ってみたかったが、そこへ行くほどの時間はなかったのだ。友人が「もっと見ないでいいの」と気にしてくれたが、私はそれで十分だった。目的は他にあるので。

私は荒野に行って、ヒースが咲き乱れ、紫色に染まる景色を見たかったが、それは叶わなかった。だがハワースからの帰路のバスの車窓から、思いがけず、紫色の小さな花をつけたヒースを1本、見かけた。細い道に沿った石垣の割れ目からひっそり遠慮がちに顔を出していたのだ。「ヒースさん。ありがとう。私のためにご挨拶に出てきてくれたのね」と言い、私はそれで満足せざるをえなかった。

次にシェイクスピアの生家の博物館にも行った。何とジュディ・デンチ様が「ようこそ」とお迎えしてくれた。入口を入ると、ジュディ・デンチの等身大の立て看板が立てかけられていたのだ。ジュディ・デンチは『007』に出演しているし、ミア・ワシコウスカ主演の映画『ジェーン・エア』でフェアファックス夫人を演じていたので私も知っている。シェイクスピアとどんな縁があるのだろうと不思議に思って、ツアーの添乗員に訊くと、「シェイクスピアの演劇によく出ている優秀な俳優だから」とのこと。日本ではこのことを知っている人は多くはないと思うが、本場イギリスでは「シェイクスピア俳優」で通っているのだろうと推察した。いいことを知ったと得した気持ちになった。

さていよいよ、ロンドンの大英博物館だ。「どこでも自由に行っていい」ということで

はなかった。見ることができるのは、古代エジプト文明の遺跡や胸像などが置かれているゾーンだった。こんなはずではなかった。添乗員に、シャーロット・ブロンテの手紙はどのゾーンにあるのか、訊いてみるも、その存在自体を知らないようだった。ツアーではコースが一定のものに決まっているようだ。

無念のハプニングだ。

私はこのためにイギリスまで来たのに！事前の調査が必要だったのだ。「不倫の証拠」を見たいというゲスな好奇心には、天も味方してくれないようだ。己の愚かさが憎らしい。大失敗だ。

イギリスの料理はおいしくないと、日本人の多くは思っている。これは評判通りと太鼓判を押せる。8日間、イギリスの食事はロクに喉を通らなくてつらかった。ロンドンで自由時間ができたとき、真っ先に駆け込んだのは、各国の料理が揃っている大衆的な飲食店だ。日本料理はなかった。そこのメニューからやっと食べられそうなものを見つけた。それはチャーシューの入ったラーメンだった。友人も同じものを選んだ。「ああ、おいしかった。生き返ったようだ！」と2人は顔を合わせて笑ってしまった。

ラーメンを食べにイギリスまで来た超贅沢な旅でございました。

【出典】
ジュリエット・バーカー『ブロンテ家の人々』中岡洋・内田能嗣監訳　彩流社　2006年
エリザベス・ギャスケル『シャーロット・ブロンテの生涯』和知誠之助訳　山口書店　1980年

白井義昭『シャーロット・ブロンテの世界』彩流社　２００７年
川崎明子「シャーロット・ブロンテのラブレター――公と私の関係」（日本ビクトリア朝文化研究学会での講演に加筆したもの）２０２１年

5話

何としても大学に進むつもりでいたのに

中学生になったとき、知的な女性になりたくて、何としても大学に進もうと決心していた。なのにこともあろうに……。

私は成長するにつれて、人並みに世情や世論にも関心をもつようになった。とくに「女は見かけが勝負。可愛くて美人なのがいい」という、女性を飾り物のように扱う世間の価値観には合意できず、反発を覚えた。可愛くも美人でもない中学1年生の私は「人間の真価は見た目よりも、中身だ」と信じ、教養を身に付けるため大学に通う女性に憧れ、私も大学に進もうと、密かに心の中で決めていた。

1960年代前半、私が高校生になったとき、日本の経済情勢は敗戦から復興して、既に高度経済成長期に入っていた。社会の一部の人にしか開かれていなかった「大学への進学（1956年まで8パーセントに満たなかった）も、1960年代から急速に増加し始め、進学率は1962年に10パーセント、1970年は17パーセントになり」（『日本社会

のしくみ』）その後も上昇し続け、現在では50パーセントだという。私の進学時では10パーセント、10人に1人である。

そういう時代だったから、私のような庶民・大衆でも大学進学を目指すことができた。私が通った高校は「大分県立別府鶴見丘高校」という。市に1校だけあった男女共学の進学校である。歴史ある高校で、前身の大分県立別府高等女学校が設置された1910年を創立年としている。私が在籍した当時は創立50年と言われていた。この高校では、国立大学コースの最優秀の学生は九州を出て、東京大学や京都大学やその他の一流大学を目指す。その次のランクの学生は九州大学を目指す。私立大学コースでは最優秀の学生は早稲田大学や慶應義塾大学を目指すというのが慣例となっていた。牧師やパイロットになるために入学してくる変わり種も少数いた。

私が狙っている国立大学は競争率が3倍と言われていた。3人に1人しか合格しないのだ。高校の3年間は「3人の1人になって、必ず合格してみせる！」と意気込んで受験勉強に励んだ。もう60年以上昔のことである。その頃は、このような田舎の街には受験塾などないので、自宅で1人でコツコツと頑張っていた。といっても、ラジオで音楽番組を聞きながらの勉強で楽しい時間でもあった。その頃『ワシントン広場の夜は更けて』という曲が流行っていて、私はそのリズムに乗って、身体を揺らしながら勉強していた。また、勉強机で眠ってしまい、そのまま朝を迎えることもしばしばあったから、必ずしも勤勉であったとは言いきれない。

1965年3月初めに大学を受験した。

私が受験した大学の合格者の発表はラジオの短波放送でも聴ける。発表日の当日、午前0時になった瞬間に発表が始まるのだ。大学の掲示板での発表より9時間も早く合否を知ることができるし、わざわざ遠くから大学に足を運ばずに済む。受験生はみんなこの放送に期待していた。私もラジオの発表を今か今かと待ちわびていた。

いよいよ深夜0時。試験は大体間違いなく解答できたと思っていたので、「多分、受かっている」との自信はあった。予測通り合格していた。万歳！　私は気持ちが高ぶってその日は眠ることができなかった。

私は念願の大学を受験し合格通知を手にしたが、実はその大学以外にも受験し、既に合格していた学校があった。

当時、国立大学は1期校と2期校の区別があり、国立大学受験のチャンスは2回あった。そのため殆どの学生が1期校と2期校の両方に願書を出していた。私が行きたい大学は1期校で、その滑り止めの2期校をどこにするか決めかねていた。というより、本命の1期校の大学に「何が何でも合格する！」という野心に燃えていて、第2志望の大学など頭になかったのである。

そんなとき、校内の掲示板に貼りだされていた「婦人自衛官になって看護婦を目指そう」という広告を目にした。近日中にその説明会がこの高校でも開催されるという。大学に進学することしか考えていなかった私だが、好奇心からその説明会に参加した。「自衛隊員の看護婦が居る」、「自衛隊が高校にその勧誘に来る」ということが物珍しかったのである。

ところが、説明会に参加して私の気持ちが揺らぎ始めた。まず、この看護学生は恵まれているということだった。基本的には自衛隊員であるので、給料が支給される。看護学生として学ぶのに、授業料を払わず、逆に給料がもらえるというのだ。貧しいうちの娘にはこちらのほうが向いているのかもしれないとも思った。

それともう一つ個人的な思いがある。私の母親は、独身の頃は看護婦をしていて東京の公的病院に勤めていた。当時は太平洋戦争中、実家に戦場に出兵できる適齢期の男子がいないという引け目から、長女の母が一家を代表して台湾にある日本の陸軍病院の看護婦に志願したそうだ。その当時の写真を見ると、母親はビシッとスーツを着てモダンガールのようにハイカラに見えた。ナース服姿も清楚で似合っていた。私は小学生頃までは、看護婦だった母親を誇りに思っていて、将来は看護婦になろうと思っていたのである。

私は政治信条的には「自衛隊は軍隊であり、戦争放棄を定めた憲法に違反する」と思っていたが、それは、日頃、強く意識するほど強固なものではなかったので、現実問題となると、ご都合主義にもなれたのである。

予想外のハプニングが起こった。

大学進学一辺倒だった私が第2志望をここにして、受験してみようと思ったのだ。しかし、第1志望の大学には必ず受かるはずだから、自衛隊の看護学生になることはほぼないと思い込んでいた。日頃、受験勉強をしているので、新たにこの試験用に勉強する必要はないと考え、何一つ準備せず筆記試験を受けたが、思いがけず合格した。

2次試験の面接は隣県の熊本の自衛隊施設内で行われた。面接官は地位の高そうな自衛官であった。「自衛隊のことをどう思っていますか?」と訊かれた。本気でない不届きな受験生であっても、「自衛隊は軍隊で、憲法違反だと思います」と言ったらアウトくらいの分別はもっていた。「大事故や自然災害のとき、救助活動を行って国民の命と暮らしを守ってくれ、ありがたいと思っています」と調子のいいことを言って切り抜けた。結果、合格してしまった。合格通知が来たのは、年末で、翌年4月3日に入学式があるとのことであった。だが、そこへ行く気はそのときはなかった。行くとすれば、第1志望の大学に落ちたときだ。

【出典】
小熊英二『日本社会のしくみ　雇用・教育・福祉の歴史社会学』第7章　講談社現代新書　2019年

6話

管轄が別ゆえ大学とその看護学校は併籍可。大学は8年在籍可

私は第1志望の大学と滑り止めに受けた看護学校、二つとも合格した。当然第1志望の大学に進むつもりでいたが、家庭の経済的な事情で、大学進学は無理そうだということがわかってきた。

翌年3月初めに受けた第1志望の大学の入学試験は、前述のごとく合格して、私は当然、この大学に進学するつもりでいた。だが、現状では家庭の経済的な事情で、それが無理そうだということがわかってきた。ひたすら大学進学を目指してきた私は、それを受け入れることはできない。私は毎日、鬱々とした気分で過ごしていた。私のやつれようを心配した母親は、詳しい事情を書いて、大学の事務局に相談してくれた。植民地の戦場の病院に志願するほどの勇気をもっている、母親らしい行動であった。

大学からはすぐに「調べておくので、面談に来てください」との返事が来たので、ざわ

つく心を抱えて面談に赴いた。大学職員は次の2点を携え、私を迎えてくれた。そこで思いもかけぬことを知ったのである。

①大学とその看護学校は、国の管轄が異なる。大学は文部省管轄、その看護学校は防衛庁管轄。よって両者に同時に籍を置くことができる。

②大学は8年間在籍できる。

私には思いも寄らぬありがたい情報であった。お堅い国立大学の職員は人情味のある人の善さそうな人であった。私の心情を思いやり、配慮が行き届いた親切な回答だ。この2点がわかれば、あとは私がこれをどう活かすかの問題である。

私は、今は看護学校へは行きたくないと思っている。だが、経験してみたら看護職が性に合っているということもありうる。何しろ、母親は元看護婦だ。その血を受け継いでいるかもしれない。私は大学にも看護学校にも両方行って、どちらが向いているかを決めればいいのだ。時期をずらせば両方行けるのだ。看護学校に行っている期間は大学は休学にすればいい。仮に看護学校に3年行っても5年余るのだ。

これは予想だにしなかった天啓ともいうべきハプニングであった。

家に戻り、どちらに先に行くべきか慎重に考えた。大学は経済的に無理だから先に行くことはできない。看護学校に行けば給料がもらえるので、大学に戻ることも想定して、給料はできる限り貯金する。だから、看護学校に先に行く。もし、看護職が私に適していれば、大学には戻らず、看護婦になる。それでも、大学に戻りたくなったときは、戻ればいい。何しろ、その場合でも残りの在籍期間は5年もあるのだ。これが考えうるベストなことだと思った。早速、大学に赴き、入学と同時に休学の手続きを行い、安堵した。
私は大学職員が教えてくれた情報をもとに、大学と看護学校、同時に両方に籍を置くという、ふつうはありえないハプニングのお陰で、希望をもって新しい人生を歩み始めることができた。

4月3日。花冷えの寒い日だった。東京都世田谷区池尻にある自衛隊の看護学校に入学した。この看護学校、正式には「自衛隊中央病院付属婦人自衛官養成所」といい、自衛隊の三宿駐屯地内にあった。入学して初めて知った。この看護学校は自衛官の家族にとっては自衛官のエリートコースとして憧れの的であった。1学年の定員は40人、競争率は40倍という。1県に1人いるかいないかである。

私が競争率40倍と知っていたら、合格するはずはないと断念して受験しなかった。何も知らなかったことが幸いしたのだ。これほど競争率が高いのに、自衛隊が全国の進学校で求人活動をすることが納得できない。自衛隊の家族以外にも、この学校を知ってもらい、幅広い層から人材を集めたかったのだろうか？　ただ、それだけの理由なのだろうか、他に何か政治的な意図があるのか、よくわからないが、不思議なことだ。

ここでの看護教育は、自衛隊員としての業務の枠の中で行われている。朝の起床から就寝までこと細かく時間と業務が決められている。それらに合わせ看護婦養成のための教育カリキュラムが組み込まれていた。講義は1日4コマあった。休日以外は自衛官の制服を着ていなければいけない。宿舎内の掃除も学生がやる。食事は隣接の自衛隊体育学校内にある大食堂に行って食べる。

看護学生が戦闘訓練を受けることはなかったが、教練は必須の訓練だった。このときには「自衛隊員」としての自分を認めざるをえず、自分が求めるものではないという違和感にとらわれた。これは、「この学校に来ることは自衛隊員になることである」と真摯に向き合わなかったことの罰だ。

半年後の戴帽式。白衣を初めて着、ナースキャップをかぶせてもらうと、いよいよ、看護の現場での実習が始まるのだという実感が湧いて緊張した。

ところが意外にも病棟実習は私にはつらいものとなった。患者さんは自衛隊員が殆どで、男性ばかりだった。不治の病に侵された若い患者さんと会うのが私は苦痛だった。前日まで生存していた人が、翌日行ったときには亡くなっていたことなどは、珍しくない。今なら人工透析があるのに、その頃は慢性腎不全には何の手立てもなくみんな亡くなっていた。また、腕に血まみれの山形の盛り上がりができている若い患者さんが居た。青白い顔をして不安そうだった。本人には知らされていないが、白血病だという。その患者さんも1週間もたたぬうちに亡くなってしまった。自衛隊の「中央」病院だから、地方の自衛隊病院では手に負えない重症の患者さんが送られてくるのだ。講義を聴いていたときには感じなかった苦手感が、病棟に通うようになって生まれて、悩む日々が多くなった。

その後、実習に出る度、自分が看護婦に向いていないという実感や苦痛をますます強く感じるようになった。私はすぐ感情移入して、私情をもち込む癖があるようだ。これでは看護婦失格だ。今、受けている実習が看護婦の業務となる。私はそれを冷静に行う自信がない。さらに自衛官であることに違和感ももっている。私はここに居るべきではないとの思いが募り、やがて「この養成所を去る。そして大学に戻る」という結論に導かれていった。恐る恐る退所届を出し、1年間学び、最後には苦悩の日々を過ごした養成所を年度末に去っていった。

　もし、私が大学に相談に行かず、自衛隊の婦人自衛官養成所に来ていたら、「大学に戻る」という選択肢はなく、自分に向かない仕事を我慢して続けるか、行く当てもないまま辞めるかして、苦難の道を歩むことになっていたであろう。

　しかし、現実は違った。私に看護学校で学ばせ、１年間の体験で「看護婦は私に向いていない」という結論を出してくれた。そればかりか、今度は大学で学べるという新たな道が用意されている。あの親切な大学職員が提示してくれた情報のお陰であると改めて感謝し、思いを馳せた。

7話

1年で戻ってよかった

大学に戻って、私は水を得た魚のように、生き生き過ごしていたが。

1966年4月、1年間休学して戻った大学は、九州大学である。学生たちは、旧帝大のびりっけつの大学と自嘲していた。だが、私は水を得た魚のように生き生きと学生生活を謳歌した。1年半は教養部で学ぶ。その頃、西洋史では「ヒットラー」の研究が盛んであった。法学概論では「隣の空き家の木の枝が塀を越えて伸びていたら、その枝を切り取ることはできるか」という定番の講義など、講義はどれも面白くて退屈しない。私と大学はマッチしている、大学へ戻ってよかったと心から思った。

このあと、本学の文学部へ進み、哲学科社会学専攻に籍を置き、社会学を学んだ。当時、社会学では、産業社会の次に来る社会は「情報社会」だと既に予測していた。現代は、「情報」を「知識」に言い換えた「知識社会」と言われる。社会学の洞察力は凄いと思う。

演習は英語やドイツ語の教材もあり、かなり厳しかった。私は大学では専門知識は大して身に付けられなかったが、講義や演習を通して、少なくとも「ものを考える方法」は学べたと思っている。

心配した経済的な問題は自力で解決した。

その頃は、下宿している人は、大体月に2万円くらい親から仕送りしてもらっていたようだが、私の生活費は月2万円もかからず、月1万円で暮らしていけた。一番お金がかかるといわれる住居費は、大学の女子寮に入って月600円で済んだ。食費は大学生協の学食を利用して、月5000円程度。よって4000円くらいが自由に使えた。収入は奨学金が3000円。家庭教師のアルバイトは、よいお宅に恵まれ、2人の子供を教えて7000円ももらっていたこともある。何らかのアルバイトをすれば、大体月1万円は確保できる。おまけに授業料は年1万2000円と、現代の人には想像もできぬほど安い時代だった。それでもお金が足りないときは貯金をおろしたり、親からもらったりしてほぼ自活できた。

ほぼ自活できるのなら、初めから大学へ行けばよかったのではないかとも思える。だが、これは実際に体験してわかったことであり、やはり、あの時点で大学進学を決行することはできなかったと思う。

ところで、私の大学生活を語るとき、どうしても避けて通れなかった歴史的ハプニングがある。

大学が封鎖されるという未曾有のハプニングだ。

高校卒業後、大学へ直行していたら1969年3月には卒業していた。だが、1年遅れで大学に戻ったために、当時、全国の大学に吹き荒れていた新左翼・全共闘の大学紛争の、初めから終息までを共にすることになってしまったのである。

九州大学では、1968年6月に米軍戦闘機が工学部校舎内の電算機センターに墜落したことが引き金になって、大学紛争が本格化した。米軍戦闘機が発着する板付基地の撤去、

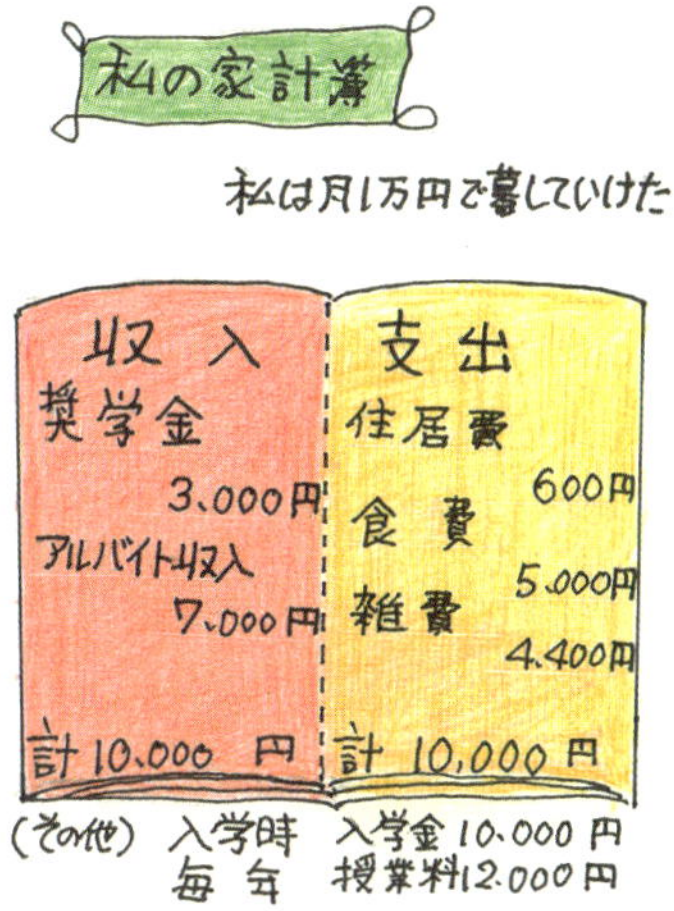

日米安保反対、日本帝国主義打倒、大学解体、産学協同解体など、資本主義社会や日米関係の矛盾に向けたスローガンや、内なる自己に向けた「自己否定」を叫び、全共闘の活動家は大学を占拠し、バリケードを築いた。大学は1年半、封鎖され授業はできなかった。

　彼らが掲げる問題提起の多くは、ひと事ではなく、その社会で生きる市民みんなの課題でもある。私が自衛官であり続けることは無理なことだったのだ。私の心は疼き、板付基地撤去、安保反対デモには度々参加した。しかし、大学を占拠し、ゲバ棒をもって暴れる全共闘のシンパにはなれなかった。大学を占拠すれば一時的には大学は機能停止するが、それで大学の在り方が変わるわけではない。占拠したキャンパスを、活動家は我が家のように好き勝手に使っていた。机や棚は横倒しにされ、生活ごみで荒れ放題、淫らな男女関係も想像されるような退廃的な臭いが漂っていた。全共闘運動の実と虚を見たように思った。全共闘と大学側との談合は合意に達することはなく、封鎖は、最終的に機動隊によって解除された。

「自己否定」とは何だったのか。自己否定したはずの活動家が、日本の資本主義を担う側になって、活躍している人も多い。大学解体を叫んでいた活動家も大学に戻っている。あの大学紛争は何であったのか、いまだに私はわからない。社会の矛盾への鬱積した不満のはけ口でしかなかったかとさえ思う。しかし、若者が社会体制の矛盾に関心をもち、行動を起こすなどいまどきの日本の若者には期待できないので、この点だけは歴史的に評価されるべきと思う。

大学が1年半封鎖されるという異常なハプニングのあおりで、私は教員免許を取るための科目の単位を取り損ねていた。致し方なく1年留年して取った。いよいよ、就職？　とも考えたが、あの非日常的な大学紛争を経験した直後に、気持ちを切り替えて、すぐ、実社会へ出ていけるほど器用ではなかった。生活はどうにかできるから、急ぐ必要はないと思い、もう1年、留年した。休学1年、留年2年。合計在籍期間7年だ。それでもあと1年余るのだ！

だが、こういう悠長なことが言えるのも、私が1年で大学に戻ったからだ。３年間、看護学校で学んで、１９６８年に大学に戻っていたら、残りの在籍期間5年のうち、1年半は授業なしだから、３年半で必要な単位を修得し、卒論を書けたかどうか疑問である。人生、「一寸先は闇だ」。大学紛争が起こって、1年半も大学が封鎖されるなど当初は予想だにしなかった。やはり、1年で戻ってよかったのだと胸をなでおろしたものである。

いよいよ就職だ。私の目の前に広がる社会は男女不平等社会だが、それでも、少しずつ、女性大卒者を受け入れる職場が増えてきていた。

私が就職したのは、小さいけれど、代表者が著名人なため、少しは名の知れた団体であった。従業員は全員、４年制大学卒の女性だけという変わった職場であった。このことが先進的に思え、私はこの団体に就職した。

それから約50年後の２０２０年2月。コロナ禍真っ最中のある日、予期せぬハプニングが起こった。テレビで自衛隊中央病院の活躍が報道されたのだ。私は懐かしさのあまり画面に飛び付き、釘付けになった。私が居た頃は、病院の建物は十字型に建っていたのだが、建てかえられたのだろうか、その面影はなかった。

多くの病院が院内感染に悪戦苦闘している中で、コロナ感染症への対応が優れており、院内感染も起きていない病院として称賛されていた。コロナの集団感染が起こり、横浜港に停泊していたダイヤモンド・プリンセス号の患者の治療を行った病院の一つである。「清潔と不潔」対策が徹底していたとも評されていた。私は「そうだ。そうだ」と相槌を打った。これは看護教育で徹底的に叩き込まれたものだ。

私はその病院から逃げてきた。やるせない思いとほろ苦い思いが押し寄せてくる。だが、それは「ここでは幸せになれない」と判断して捨てたものだ。その選択は間違ってなかったとその後の人生が証明している。

私が学んだ婦人自衛官養成所はその後「高等看護学院」に改称されたが、その学院も

２０１６年に廃校となった。自衛隊での看護師の養成は、現在は防衛医科大学校看護学科が行っているという。

【出典】

『九州大学百年史第2巻　通史編Ⅱ』九州大学　２０１１年

「自衛隊中央病院　――　高等看護学院　――　防衛相・自衛隊」（https://www.mod.go.chosp.jp>sp4-181-nurse-school）

「看護学科について　――　防衛医科大学校」（https://www.ndmc.ac.jp>nrs>）

8話

昭和19年12月14日中華民国湖南省方面において……

「……」にどんな文言が続くのか、おわかりの方は今、どれくらいおられるだろうか。この文書は、妻へ、夫の戦死を伝えてきた「死亡告知書」の文言である。この「死亡告知書」と唯一の形見が義母から長男たる私の夫と私へ託されて40年後に思わぬ発見があった。

私は結婚前に、夫となるべき人から「実父は戦死し、実父の弟・叔父が今の父親であり、自分はその養子である」ことを知らされていた。

結婚から数年後、夫の両親は私たち夫婦を呼んで、夫の実父の「死亡告知書」と唯一の形見の絵葉書を私たちに託した。「これからはあなたたちが守るのよ」ということである。こうなるとは考えたこともなかったが、亡き実父の長男夫婦として否応なく受託した。受けた以上、誠実に責任を果たしたい。早速、アクリル板の写真立てを用意し、「死亡告知書」と絵葉書を収めて戸棚に立てかけ、毎朝、お茶を捧げ拝むことにした。

「死亡告知書」は今でいうB5サイズの大きさのガリ版書の赤茶けた紙きれ1枚である。

それには次のことが簡潔に記載されていた。

東聯留公　第一三一號
死亡告知書
本籍　東京都杉並区××××
　陸軍一等兵　山○英○
右昭和十九年十二月十四日中華民国湖南省方面ニ於テ戦病死セラレ候條此段通知候也
追元　區長ニ對スル死亡報告ハ戸籍法百十九條ニヨリ官ニ於テ處理可致候
昭和二十年十一月十二日
東京聯隊區司令官　大○秀○
山○安○殿

ここで一つわからないのは、「戦病死」である。「戦死」とどう違うのかを夫に訊いてみると、戦闘行為そのもので死んだのを戦死といい、戦場で病気にかかって死んだのを戦病死というとのこと。夫は、戦後しばらくして、父親と同じ町内出身で、同じ部隊に所属していた人に会ったことがある。その人も父親は「病死」だと言っていた。だが、何の病気で？　実父は若くて健康体であったから致死的な病気になるとは考えにくい。戦場は衛生環境も悪く、食料も十分ではないと聞く。コレラとかの伝染病とか栄養失調ではなかったのか？　だが、そもそも戦死だろうと戦病死だろうと遺族にとっては大差はない。戦死でしかないのだ。

絵葉書は妻の実家の義兄宛てに送られている。出した日付はわからない。「留守中」家族が世話になっていることの謝意を伝えている手紙である。妻が第2子（私の夫の弟）を実家で産んでお世話になったとも記されている。弟は昭和19年8月15日生まれである。実父は戦場で、第2子が生まれたことを知った。子の名前も父親が付けたのかもしれない。喜びもつかの間、その4か月後に何らかの病気で、31歳という若さで亡くなったのだ。どんなに無念だったろう。どんなに悔しかっただろう。一時的な「留守中」であり、帰るつもりでいたであろうに。

あの戦争は、愚かな日本陸軍が自らの弱体さも顧みず、相手国の国力を甘く見て、無謀にも推し進めて起こしたという説もある。私が、「死亡告知書」を本書に転記する際に、告知者である東京連隊区司令官の氏名を、他人であるにもかかわらず、完全に消去しなかったのは、日本陸軍の大罪を強調したいがためである。彼は陸軍士官学校、陸軍大学を出た生粋の陸軍軍人で、最後の階級は少将である。戦争を起こした陸軍幹部が生き残り、戦後も元気に過ごし、96歳の長寿を満喫した。31歳で戦死した夫の父親との明暗の対比を心に焼き付けておきたいからである。

私はこれを機に、夫の実家の親たちのことをもっとしっかり知ろうと思い、これまで細切れに聞いてきたことをまとめてみた。

夫の父親は大正3年、農業を営む地主の次男として杉並区で生まれた。成長してからは八百屋を営んでいた。夜明け前に杉並の自宅を大八車を引いて出発し、野菜の生産地・三鷹の市場で野菜を仕入れて大八車を引いて帰ってくる。その野菜を翌朝、大八車で神田まで運び、神田の市場で売って利ざやを得ることを生業としていた。並みの体力や忍耐力ではこなせない力仕事である。結婚して実家を出、居を構えてからは自宅で店も出していた。

昭和16年12月に長男（私の夫）誕生、昭和18年10月に徴兵されて日中戦争に駆りだされた。そのとき、母親は第2子を身ごもっていた。次男が無事生まれたことを知って、妻の実家の義兄宛てに前掲の感謝の手紙を送った。そのあとは「死亡告知書」記載の通りである。

夫の母親は大正6年、造園業を営む地主の三女として三鷹で生まれ、結婚して八百屋の店頭に立って野菜を売っていた。昭和18年10月、夫出征。昭和19年8月に実家に滞在し次男を産んでいた。そして自宅に戻ったときに過酷なハプニングに見舞われた。昭和20年2月の杉並区方面の東京大空襲で家を焼失したのである。火の粉が舞い、空が炎で真っ赤に染まる中、母は赤子を抱え長男と命からがら野原に逃げてきた。夫はこのとき3歳半。これは夫の最も古い記憶である。従って、夫には父親の記憶が全くない。父親と母親は手紙で近況を伝えあっていたが、その手紙のすべてを空襲で焼失した。だから、残っている手紙は三鷹の義兄宛ての絵葉書しかない。写真も1枚も残っていないのである。

家を失った母子は三鷹にある実家の家作に身を寄せ、肩身の狭い思いをしながら家業を手伝い、子供を育ててきた。母親の実家は家父長制そのもので男子が家族を統率していた。資産は兄と弟だけで分割し、女子は嫁に行かなければ、家業を手伝うしか生きる術がなかった。そういう実家を2人の子連れで頼ってきたのだから、母親の神経の使いようは尋常でなく、そそうせぬようにと子供は厳しく育てていた。そして敗戦を迎えた。

そこに最悪の悲嘆のハプニングが起きた。「夫が昭和19年12月14日に亡くなった」という「死亡告知書」が届いたのである。亡くなったのは、次男誕生の僅か4か月後であった。それを1年近く知らずにいた。夫の戦死など考えてもいなかった母親の苦悩は筆舌に尽くせないだろう。

傷心の母親と夫の2人で靖国神社に行き、針金で縛られている父親の骨箱をもらってきた。箱を揺らすと「カタッ」と音がしたが、骨のようではないと母親は言う。夫は、では、何なのか開けてみようとしたが、母親に止められた。その箱は父親の実家近くの寺の墓地に収められた。

幸いにも無事に戦地から帰還した実父の弟は、兄の妻子が生活に苦労している様を知り、兄嫁と結婚し、夫たち2人の子供の父親になってくれた。戸籍上は養父と養子である。そして妹が2人生まれた。やっと平穏な家庭生活を送れるようになったのである。

これが戦中戦後の夫の実家のヒストリーである。悲惨なハプニングが続いた。これくらいのことはその頃はどのうちでもあったことだと一蹴されるかもしれない。だが、そういう人たちが何百万人いても、千差万別、ひとりひとり違った悲劇があるのだ。

私のうちには夫のうちのような戦争の悲劇はなかった。だが、時代の暗い空気は子供ながらに感じていた。ラジオの「引揚者、興安丸、舞鶴港、訪ね人」を聞きながら育った。深刻な物不足も経験している。戦後生まれではあるが、戦争が人々の不幸の根源であった時代とは無縁ではないのだ。

「死亡告知書」を託されて40年。高齢になった夫の顔が母親の顔に似てきた。歳をとるほど似てくる。髪型が違うだけで、顔つきは母親そっくりである。母親は「親戚中でお前が一番、不細工だ」と夫に言ったそうである。ということは、自分も「親戚中で一番、不細工だ」ということなのにね。顔が似ているのは遺伝によるものですからね。

そのとき、これまで気が付きもしなかったことに、突然、気が付いた。

驚嘆のハプニングだ。

夫は実父から性格を受け継いでいるのだ。夫のド根性と忍耐強さは遺伝によって実父からもらったのだと。

顔つきや知能が遺伝するのは経験的に疑いのない事実であるが、性格も遺伝するのかと疑問をお持ちの方は多いと思う。後に知ったのであるが、「行動遺伝学の知見では、知能の遺伝率約80パーセント、性格の遺伝率約50パーセントだ」(『もっと言ってはいけない』)そうである。よって、夫の性格が父親からの遺伝であっても不思議ではない。

夫は会社員になってから、社内の登山サークルに入っていて、連休のときは大体、登山しており、南アルプスを中心に日本の名山をいくつも踏破していた。登山するときには40〜50キログラムの荷物を背負っていく。体力と苦役に耐える忍耐力がなければ達成できないことだ。

仲間は7〜8人だったが、背が高く堂々とした体格のメンバーの中で、夫だけは背が低い小男であった。その小男が大きな荷を背負って山を登る姿は、まるで「荷物が歩いている」ように見えるというので、「歩荷《ぼっか》」というあだ名が付けられていた。夫にピッタリのあだ名だ。夫は、歩荷のようなド根性と忍耐強さをもっていたのだ。

その後、夫は45歳からランニングを始めたが、メキメキ上達し、フルマラソンのサブスリーも果たした。富士山登山マラソンにも度々参加した。勤務先までは片道10キロ、往復とも走って行っていた時期もある。横浜の自宅から二十数キロもある江の島までも平気で走って行ってくる。

「道があれば、走る」。まさに「人間機関車」だ。何でこんなに苦しいことを好むのか、これまで私は理解できなかったが、父親からの遺伝だと思えば納得できる。実父は三鷹と杉並間、杉並と神田間を、野菜を積んだ重い大八車を毎日引いていたのだ。夫と実父がピタリと重なる。

夫が大きな荷を背負って登山する姿や、ランニングする姿は、実父が大八車を引いてい

た姿を彷彿とさせる。

　夫が整形外科で下肢を診てもらったとき、医師から「すげえ筋肉だ！」と驚かれたという。いつも走っているので、からだには余分な脂肪は付いておらず、筋肉の束にまとわれている。実父も筋肉質だったに違いない。「親から子への遺伝」に気が付いて、夫の姿を通して、1枚の写真もない実父の姿を思い描けるという思いもかけぬ恵みを得た。「お父さんご安心ください。お父さんの遺伝子は息子に立派に受け継がれています。お父さんの分、長生きしています」と言えること、これは何よりの供養であり、それで私たちも平穏な気持ちになれるのである。

戦後80年が経過した現在でも、毎年8月になると、戦死者を偲ぶ遺族や原爆被爆者たちが「戦争をくり返してはいけない」と訴える姿がメディアで取り上げられる。あの戦争の悲劇を語れる世代も私たちが最後だと思い、ここで夫の実父の供養も兼ねて綴った次第である。


【出典】

フリー百科事典「ウィキペディア」

大〇秀〇の生誕や略歴を記述したものはこれしか見当たらなかった。1945年10月〜同12月まで東京連隊区司令官であったことも記述されており、手元にある「死亡告知書」の記載とも一致するので、信頼できる情報と思われる。

橘玲『もっと言ってはいけない』⑥　新潮社　2019年

9話

コーディネーター募集に応募して、面接を受けた

高齢福祉の仕事がしたくて、ある団体のコーディネーター募集に応募して面接を受けたところ、面接官の男性と、これまでの人生で偶然の接点が四つもあることが2次面接でわかった。だが、偶然の接点はそれだけではなかった。

「人生は選択の連続だ」というフレーズはシェイクスピアが言ったとされるが、シェイクスピアが言わずとも、誰しも、人生を振り返ればそう感じるはずだ。現在の自分のありようは、これまで自分が行ってきた選択の連続の結果である。私の人生での選択の連続は、悲喜こもごもの予期せぬハプニングを度々もたらしたが、これから述べるハプニングは、他の人があまり経験できないような稀有なものではないかと、私は思っている。

私は子に恵まれなかったので、40歳のとき「今後は働いて仕事に生きがいを見つけよう」との選択をして就職することになった。最初の3年間は人工透析クリニックでソー

シャルワーカーとして勤めた。43歳のとき、次は高齢福祉の分野で働きたいと思い、求人広告をあさって見つけた数件の中から、最も関心をもったある団体の求人に応募した。その応募が引き金となって、類いまれなハプニングが展開されることになったのである。

その団体は財団法人（当時）で、来る高齢社会において必要なサービスを提案することを旨としていた。その一環として試験的に実施しているホームヘルプサービスのコーディネーター募集であった。当時、ホームヘルプサービスは地方自治体の一部でしか実施されておらず、絶対量が不足していた。そこに目を付けた企業がこぞってホームヘルプサービスに挑戦していた。ダスキンさんやベネッセさんも既に起業していた。介護保険制度創設はまだまだ先のことであった。

1次面接。面接官は事務局長Kさんなど2人の50代半ばと思われる男性。面接は、私が持参した履歴書をもとに質疑応答がなされ、簡単に終わった。このとき、Kさんの頭の中で起こっていた騒動を私は知る由がない。

2次面接に呼ばれた。面接官は前回と同じ人たち。このときKさんから出た言葉に私は仰天した。履歴書に記載されている事項のうち、Kさんと私は偶然にも接点が三つあるというのだ。

①同郷であること。２人とも九州・大分県の小都市・別府市出身である。
②出身大学も同じ九州大学である。ただし学部は異なる。年齢も離れているので、同時同籍ではない。
③居住地も近く、徒歩15分くらいしか離れていない。

そしてこの団体の面接試験で出会った。接点は四つになる。

滅多にはないハプニングだ。

私は「え、まさか、本当ですか？」と、思わず口走っていた。何ということだろう。私の目の前に居る、私より遥か年長のこの男性と、このような縁があるとはにわかには信じられなかった。

Kさんは最初の面接で、履歴書を見て、これらのことを知って驚いたはずだが、そのことはおくびにも出さず、1人、ニンマリしていたのだ。

私は四つの接点のもとをひとつひとつ確認していった。

生まれ、育ちは親の選択のなせる業であり、子供には選択権がない。「人生は選択の連続だ」というけれど、人生の出発点・この世に誕生することだけは、自分で選択できないのだ。生まれ、育ちが同郷だったというのは、偶然のなせる業だったとしか言いようがない。

大学が同じなのは選択の結果ではあるが、九州人はこういう選択をよくする。私の高校の同学年では30人が九州大学に行ったほどだ。だからこれはたまにあることだ。

住んでいる場所が近いのも選択の結果である。しかし、首都圏の広大な通勤圏内で、自宅がすぐ近くだというのは、確率的には例えようもなく小さいので、偶然としか言いようがない。Kさんのご自宅住所を訊いたら、それは私にも馴染みの場所で、友人もいるし、散歩や病院に行くときによく通る所だった。最寄りの駅も同じである。私はこれまで、Kさんにご自宅近くとか、駅や駅付近で、何度か会っていたのかもしれないのだ。

この団体で出会ったのも選択の結果である。私は数件ある求人先からこの団体を選んだ。この団体は常勤職員20人ほどの小さな職場だ。１０００人くらい社員が居るような大きな職場で、「職場が一緒」というのとはわけが違う。一致する確率は例えようもなく小さい。

やがて採用通知が来た。偶然、同じ地で生まれ育った知らない者同士が40～50年のときを経て、故郷から遠く離れた、東京の小さな団体の面接試験で出会ったのだ。私はこの縁を慈しんで大切にしたいと思い、働かせていただくことにした。

出勤初日。事務所の私の机にはセンスのいいテーブルセンターが敷かれていた。その真ん中に赤い薔薇の花が飾ってあり、「歓迎！　ようこそいらっしゃいました」と書かれたカードが添えられていた。

感激のハプニングだ。

心のこもった歓迎に感動して、私は涙がこぼれそうになった。新入職員をこんな形で歓迎してくれるなんて初めて知った。ここでは、きっと穏やかで楽しい仕事ができる！　と確信して私の心は弾んだ。あとで知ったが、この歓迎法はKさんが前の職場にいたときのやり方で、この団体でも、新入職員は、全員、このような歓迎を受けるそうだ。

Kさんは事務局長として、奥でこの団体をしっかりと仕切っているのに、みんなに見せる顔は意外とニヒルである。

Kさんは、勤務中は寡黙でむっつりしていて、近寄りがたい感じがあった。そのため、職員たちは、「今なら、話しかけても大丈夫かな」と顔色をうかがいながら、Kさんに接していた。会議などでも、あまり発言しなかった。しかし、いったんその気になると、舌鋒鋭くプロの卓球選手のような速球を打ち、相手を論破する。すっごく頭の切れる人だということを、印象付けずにはおれない人であった。これまでの仕事人生で蓄積した知見は並々ならぬものだと察せられた。それを頼りにKさんを訪ねてくる人が多く、人脈の広さがうかがえた。

また、部下の働きぶりをよく観察していて、適切な人事を行う。怠け者でずるい職員は遠慮なく解雇するなど、強権を発揮する頼もしい人でもあった。

Kさんは酒好きで、勤務が終わると、お供の部下をつれて居酒屋で過ごすことがよくあった。お供と2人だけで呑んでも楽しくないのか、残業をしている職員を呼び出し、酒宴に加えていく。いつも5～6人くらいは集まっていたようだ。このときのKさんは饒舌で、快活。呑みなれているのか、決して乱れることがない。職員が飲み会への呼び出しに応じるのは、そこなら、Kさんと突っ込んだ話ができ、仕事で行き詰まっていることも相談でき、適切なアドバイスがもらえるからだ。私もその恩恵を受けることができ、仕事が面白くなり、仕事に邁進することができた。私が飲み会に参加した日は帰宅が遅くなり、夫の夕食も作らなかった。

夫の都合に合わせ、夫の帰宅に間に合うよう、夕食を作って待っているという働き方は私はしたくない。夫も、夕食作りくらい、ときにはして、自立してほしいと思うようになった。夫は、私の帰宅が遅いと、初めは腹をたてていたが、私が譲らなかったので、そのうち諦めたようだ。

この団体は職員の待遇もいい。前の職場では月額13万円、年額180万円くらいで、人並み以下だった。賃貸住宅に住む独身者は暮らしていくことが難しい額だ。ここでは月額25万円。年額は400万円超となり、一挙に2倍以上になった。毎年、昇給して5年後には年収は500万円以上になった。この職場で、やっと私は人並みに扱われたのだ。

私は、結婚後、早く子をもちたくて退職したので、夫に扶養されることは致し方ないと思っていたが、大学時代に日本育英会から借りた奨学金の返済を、夫にしてもらったことは引け目に感じていた。よって、私自身のお金を十分もてるようになって、まず、行ったのは、夫が出してくれた分を夫に返すことであった。それで自尊心がちょっぴり満たされた。

だが、日頃は、厚かましく「夫の給料は夫婦のお金、私の給料は私のお金」と考え、家計に入れず、貯金に回していた。人生、何が起こるかわからない。離婚、死別、大病、事故など私にまとまったお金が必要になることもないとは言えないからだ。

ずっと先のことであるが、この頃から始めた貯金が貯まって、有料老人ホーム入居時に支払う入居金の3分の1を、私が出した。老人ホームの相談員は「ご夫婦入居で、奥様が入居金を支払った人はこれまでいませんよ」と驚いていた。夫の収入も年金だけになったので、毎月かかる生活費や管理費などの費用も、3分の1ほどは私が払っている。自分のことに自分のお金を使えることは嬉しく、誇らしいことだ。

充実した仕事とそれなりのお金、私はやっと「女性の自立」を手に入れた。3話に登場するジェーンが求めた「女性の自立」とは、活躍とお金をもつことであった。経済的にも、ライフスタイルも夫に依存しきっていた人生を、少し変えることができたように思え、私は満足した。

ある日、Kさんの帰宅のお供をしたときに、私は「事務局長のお宅がある住宅地に知人がいます。Fさんといい、夫の会社の友人で、私もよく知っています」と話したことがある。その後、何日かしてKさんが言った。「Fさんはうちの隣の人だよ」と。

Kさんが、私から初めてFさんのことを聞いたときには、何も答えなかった。隣はFさんだということくらいは知っていたと思うが、私の言うFさんと同じ人であるのかについてまでは、わからなかったのだと思う。きっと、奥様に訊いて、夫と同じ会社に勤めている人だとわかって、私が言うFさんと同一人物であることが、確認できたのだと思う。

これは奇跡のハプニングだ。

私がふともらした言葉がもとになって、3者が繋がっていることが判明した。私たち夫婦の友人・Fさんが、何とKさん宅の隣に住んでいるというのだ。

その住宅地には100軒もの住宅が建っているのに、よりにもよって、お隣同士だったとは！　3者それぞれの選択でこの地に住むことになったわけだが、こんな形で繋がるとは、奇跡という以外に何と言えばいいのだろう。これでKさんとの偶然の接点が五つにもなった。

前述したジェーンの物語『ジェーン・エア』には「偶然な出会い」が多用されて、現実には起こりそうもない不自然な出会いが、よく起きる。それを批評家は「経験の領域から迷い出ないように」と警告したようだ。例えば、ジェーンがロチェスターのもとを逃れて、荒野をさまよい、野垂れ死にしそうになったところを、若い牧師・セント・ジョンに助けられる。やがてその人は従兄であることがわかる。セント・ジョンの母親とジェーンの父親は姉弟であったという話！　読者は、そんな偶然があるものかと思いながら読んでいく。私もこれには不自然さを感じていたが、Kさんと五つもの偶然の接点をもってしまうと、シャーロットの手法もあながち不自然だと言えなくなってしまう。

早速3夫婦の交流が始まった。ときどき3夫婦で集い、飲み会もした。Kさん宅とFさん宅は奥様同士が親しいという。Kさんの奥様はお美しく気さくな方だった。それにお話し好きで、飲み会は盛り上がり、楽しかった。職場では誰も知らないKさんの秘密も聞けたけれど、それは内緒。

また、Kさんの奥様より、子猫をプレゼントしていただいた。奥様の知人宅で猫がたくさん産まれ、飼い主を探していたので、私宅にも声がかかったのである。チンチラとヒマラヤンのミックス種。真っ黒な猫で毛長。1年ほどで格好いい西洋猫になった。毅然としていて品がよかった。我が家で7匹目の猫である。17年も生きてくれ、私たちと共に老いていった。「犬は人に付き、猫は家に付く」と言われるように、飼い主は犬とはべったりの関係になるが、猫とはほどよい距離が保て、猫との共生は心地よかった。

私は後年、その猫、「キチ」の魅力を、他の方々に自慢したくて、その生涯を『おもしろうてやがて悲しき』という小説にして自費出版した。すると、その本を読んでくださった獣医学専門の出版社から「猫の飼育法が適切だ」と思いがけぬ評価をいただいて当惑した。獣医さんには「飼育」なんだな。猫を家族として共に過ごす飼い主とは、猫への目線が異なることを感じて興味を抱いた。本の読まれ方も十人十色なんだと痛感したものである。

Ｋさんから私は多くの恵みをいただいた。Ｋさんの出版支援を得て、私を含むコーディネーターのグループで『民間介護サービスのソーシャルワーク』のマニュアル本を上下2巻出版し、全国の民間介護事業者のコーディネーターに低額で配本した。これはよく売れ、増刷もした。

この頃、厚生省では、介護保険制度の準備は佳境に入っていた。あるとき、ケアマネジャーの「受験資格」を決める作業をしているとの情報を得て、厚生省の担当者に連絡し、この冊子も見ていただくことができた。結果、世間に殆ど知られていない、民間介護事業者のコーディネーターも「相談援助業務」を行う者と認められ、「実務経験者」としてケアマネジャーの受験資格を得たのである。大元はＫさんのお力添えにある。このようにＫさんは私の人生の恩人である。女性としての自立を実感し、仕事にも恵まれた。全くの赤の他人と五つもの偶然の接点をもったことが、人生を豊かにする糧となった。これを人生の醍醐味と言わずして何と言おう。

10話

魔の通勤ラッシュ時に通勤していた

私は勤め先の東京までＪＲ東海道線で通っていた。駅員が乗客の背中を押して電車に押し込んで、やっとドアが閉まるというほど混み合っている。

前話で述べた職場は東京都心にあった。横浜から東京へ向かうＪＲ東海道線で通勤するのは危険だからと言って、夫はこの職場への転職に反対した。通勤ラッシュ時の混み具合が尋常でなかったからだ。だが、私は「大丈夫よ。まだ、若いんだから」と言って、夫の心配をはね付けて就職を決めてしまった。

私のその頃の身長は１５８センチ、体重57キロで、肥満度を示すＢＭＩは約23で普通体重であった。見かけは少々小太りで、がっしりとしていたと思う。そのうえ、40代中頃で、体力は十分にあった、通勤ラッシュで揉まれても何ということはないと思っていた。

横浜市のその頃の人口は約３５０万人。市の中では日本一、人口が多い都市である、意外かもしれないが、大阪市よりも人口は多いのである。横浜市に住む人が東京に向かうとき利用する電車は、小田急線、京急線、東急線とＪＲ線の4鉄道であるが、仮に人口の３割くらいの人がどれかの電車に乗って通勤、通学に利用したとすると、１１５万人の大移動となるので、どの電車もラッシュ時の混み具合は相当なものであろうと思われる。

一般に電車の混み具合を表す指標として「混雑率」というのが知られている。それは、１００パーセントを「定員電車」として、混み具合を5段階に分け、数値が高いほど、混んでいることを示している。「定員電車」は「座席に付くか、吊革につかまるか、ドア付近の柱につかまることができる」状態である。私が通勤ラッシュ時にＪＲ東海道線に乗るときの混雑率は２５０パーセントに近いものである。その混み具合は「電車が揺れる度に、身体が斜めになって身動きできない。手も動かせない」状態である。

横浜駅のＪＲ東海道線の上りの電車はホームの両側に着く。3分毎にホームのどちらかに電車が到着し、多くの人が降りて、降りた人より多くの人が乗り込む。自力では電車に乗り込めないので、押し屋の駅員が乗客の背中を強く押して、電車に押し込み、ドアが閉まると、発車となる。次の川崎駅でも多くの乗客が降りるが、乗る乗客が横浜駅ほど多くないので、押し屋はいなかったようだ。次の品川駅では川崎駅とほぼ同様の状態。混雑率は200パーセントくらいか。次の新橋駅では降りる人が急増し、乗ってくる人は少ない。新橋駅で混雑率100パーセントの「定員電車」となる。

では、東京から横浜に帰るときはどうかというと、東海道線は東京駅発であるが、ホームには大勢の乗客が並んでいて、空の電車のドアが開くと並んでいた客が乗り込んで、混雑率は150パーセントくらいになる。新橋駅で乗客が増えて混雑率は200パーセントくらいとなり凄く混んでくる。一方、横須賀線は、どういうわけか、利用者が少なく、東京駅始発の空の電車に乗ろうという人の列もなく、乗れば、必ず座れる。読書しながら帰れるのである。よって、帰宅時には、横須賀線を利用していた。

行きは東海道線で揉まれて、帰りは横須賀線で座って読書してというのが私の通勤パターンであった。

私が45歳のときの極寒の2月のある朝のハプニングを私は忘れることができない。

いつもの通り、東海道線に乗ろうとして、押し屋の駅員に押されて、電車に押し込まれようとしていたとき、たまたま、私の前に私が倒れ込めるほどのスペースがあったのか、私は何十人かの押される人に押されて、足元が宙に浮き、床に倒されてしまった。押されている人は前を見ているだけで、下を見ることはできないのだ。倒れている人が居ることに気付けない。私の背中を、押された人の靴が次々に踏んでいく。スペースがなく、手も足も動かせない。私は押し殺される恐怖に襲われた。

恐怖のハプニングだ。

私は、私の存在に気が付いてもらおうと、あらんかぎりの大声で叫び続けた。幸いにも顔は床に押し付けられていても、口は動かすことはできた。「**助けてー**」「**助けてー**」と7回くらい叫んだとき、「あ、何か声が聞こえるぞ」、「どうしたんだ」、「どうしたんだ」と言う声が聞こえてきて、踏み倒された人が居ることに気付いて、私は助けだされた。

もう少しで私は死ぬところだった。夫が危惧したことが本当に起こってしまった。体格

がいいからと気にしなかったが、女の私の体力では何十人という人に押し寄せられたら、押し返す力はなく押されるがままだ。押し倒されでもしたら、起き上がる力はなく、手も足も動かすことは全くできないのだ。

その時は真冬で分厚いオーバーコートを着ていたから助かったのだと思う。もし、真夏で薄着だったら、私は踏み殺されていたと思う。からだを見ると、出血はしていないけれど、からだのあちこちに打撲痕があり、痛かった。間もなく、そこから紫色の内出血斑が出てきた。

思い出す度に恐怖で心が震えた。二度と

東海道線には乗りたくない。横須賀線だって、朝の混雑は同様だ。だが、出勤が怖いと言って、仕事を辞めるわけにはいかない。東京に行く他ルートを検討してみた。

①最寄りの駅から小田急線の駅まで行き、そこから小田急線で新宿駅まで行って、新宿駅から中央線で東京駅まで行くルート。小田急線も混むが、電車が詰まって徐行運転で時間がかかるのが難点だ。これは無理。

②最寄りの駅から横浜駅に行き、そこから東急線で渋谷駅に行き、渋谷駅から山手線で東京駅に行く。これも時間がかかって無理。

次に考えたのが時差出勤だ。早朝出勤か遅い出勤かだ。午前6時前なら電車はすいていると聞いた。私の仕事はグループワークなので、これも無理。それに最寄りの駅が同じ事務局長のKさんでさえ、通常の時間に出勤しているのだ。平職員の私が「遅い出勤」を言いだせることではない。

いい方法がないかと思案していたら、「グリーン車に乗ればいいんだ」と閃いた。だが、グリーン車はお金持ちとかお偉いさんが乗るものだとの先入観があり、私はまだ一度も利用したこともない。料金は７００円くらいだ。安くはない。私程度の身で、グリーン車は贅沢だ。似合わない！

しかし、方法はこれしかない。これが最善の選択だ。翌日から朝はグリーン車通勤を始めた。７００円の価値は十分にある。「金さえ出せば、快適に暮らせる」という社会システムにいら立ちを感じざるをえないが、あの恐怖から逃れるにはとりあえずはこれしかないと、不本意ながら自分に言い聞かせていた。

11話

「フーテンの寅」さんこと渥美清さんの大ファンですから

私の副鼻腔炎の内視鏡手術痕を診た耳鼻咽喉科の医師の多くは、手術の完璧さに驚き、「この手術はどこの病院の誰がしたのですか」と訊く。『フーテンの寅』さんこと渥美清さんの大ファンですから」と私は心の中で答えている。

「スギ花粉症は国民の約4割が罹患しているという国民病である。その発症が日本で初めて報告されたのは1964年だという」（厚生労働省のホームページ）。私は日本での最初の大流行のとき（多分、1980年代前半頃だと思う）に発症して、目のかゆみや、鼻水、鼻づまり、くしゃみという典型的な症状の出現に加えて、左側の鼻の中に何か膨らんでいるものを感じていた。膨らみは花粉症の症状に伴って現れるので、花粉症のために起こっているものと自己判断して、病院にはかからないで我慢していた。

病院にかかっていないので、当時、花粉症の内服薬があったかどうかは知らない。目のかゆみを抑える点眼薬や鼻づまりを抑える点鼻薬を薬局で購入し、自己治療でしのいでいた。これらの薬で、目のかゆみやくしゃみはある程度緩和できたが、鼻水や鼻づまりには殆ど効果がなかった。そのせいで、毎年2月頃から5月頃までは鬱々とした気分で過ごしていた。旅行先などで、杉の木に小さな茶色い実・花の塊を見かけるだけで、からだがゾクゾクしてくる。未知の地では杉の木にこだわって、杉の木が無いと安心するというほど気になり、神経質になっていた。

そのようにして15年間過ごしてきた。だが、ある頃から、花粉症に伴って現れ、大きく膨らんで、花粉症が治まると、小さくなってしまう膨らみが、がんなど悪いものではないかと気になって、地域中核病院・N病院の耳鼻咽喉科で診てもらった。

花粉症もあるが、両側性の副鼻腔炎でもあることがわかった。俗にいう蓄膿症で、その膨らみはポリープ、俗にいう鼻茸であった。副鼻腔炎に伴ってできるポリープだとのことである。不幸にして手術の適用となった。

手術法は「口の中を切って、金槌で叩いて、骨を削って……」というものであった。「金槌で叩く……」なんてとんでもない。怖い。麻酔をかけて行うのであろうが、それでもその手術は受けたくないと思った。他の病院にもかかってみたが、手術法はみな同じである。困った。どうしたものかと悩む日々が続いた。結局、元の地域中核病院・N病院に戻っていた。そこで手術は2か月後頃に行おうという話になっていった。

丁度その頃、1996年8月。俳優の渥美清さんが亡くなった。

訃報が出る半年くらい前頃に、NHKで、渥美清さんの日常や心情をめぐるドキュメンタリーが放映されたので、期待して観たのだが、寅さんのイメージとあまりにもかけ離れているのに驚いた。

役者の演技による人物像と実物は異なって当たり前だとしても、このときの渥美清さんと「フーテンの寅さん」は異なり過ぎていた。消え入るように静かで存在感がなく、声も小さく、絞りだしているようだった。「渥美清さんて、本当はこんな人だったの。意外だわ」と夫婦で言い合っていた。病気だったとは一言も触れられてなかった。

私が渥美清さんの大ファンであることを知っている夫が「渥美清さんの追悼記事が週刊誌に載っているよ」と教えてくれた。何しろ30年近く前のことなので、私にはその週刊誌が何という週刊誌だったかの記憶はない。私は、早速、その週刊誌を入手し、読み始めた。それによると、渥美清さんは5年くらい前から肝臓癌を患っていて、既に肺にも転移しており、体調がすこぶる悪かった。体調がよいときを選んで、少しづつ撮影して、最後の数作を撮ったそうだ。

これで納得がいった。あの静かさは病気のせいだったのだ。恐らく、そう遠くない死を意識していたのだと。渥美清さんを偲び、在りし日の姿をしばし回想した。

副鼻腔炎手術の話の途中に、「フーテンの寅」さんこと渥美清さんがなぜ突然出てきたのかって？　続きを読んでくださいね。

渥美清さんのことを心に残しながら、その週刊誌の他の記事も読もうとページをめくっていたら、副鼻腔炎の新しい手術法に関する記事が目に入った。私には打ってつけの記事だ。期待に胸を膨らませながら読み始めた。「内視鏡による手術が始まった。ただ、それを今、実施しているのは日本ではS病院と慈恵医大病院の2病院だ」とのことである。

待望のハプニングだ。

私はこの朗報を活かさないという選択肢はないと思った。そうするには、まず、今、かかっている地域中核病院・N病院に「手術を受けない」と伝えねばならない。外来に行って「手術は受けない」と断る勇気がなく、手紙で一方的に伝えることで済ませてしまった。この点は今も恥じている。

まず、S病院を受診したが、進展がなく、パッとしなかったので、通院を止めた。そして、もう一つの慈恵医大病院の耳鼻咽喉科に行くことにした。1997年9月のことである。外来は患者でごった返していた。50人以上はいる。3時間待って、ラッキーにも教授の診察を受けられた。その日は花粉症のアレルゲンの検査とCT撮影が行われた。初診日にこれだけの検査をする。非常に効率的だ。私は、手術は12月初旬を希望していると伝えた。教授は、今後の担当医はH先生になると言い、「H先生は内視鏡手術の神さまなんだ」

と称賛していた。

H先生は30代後半くらいの男性医師であった。12月3日に入院して、5日に手術を受けた。手術は鼻から内視鏡を入れて行う。私の場合、両側性副鼻腔炎なので、片側1時間半、休憩後にもう片側をやる。担当はH先生と看護婦1人だけ。局所麻酔なので、いろいろ見えるし、聞こえもする。鈍痛や気持ち悪さは多少あったが、それほどつらいものではなかった。

H先生は慣れた手付きで手術をこなしていく。途中で看護婦が「先生、最小血圧が105にもなっています」とか言って騒いでも、気にかけず、手は緩めない。手術は予定通り終わった。ポリープもきれいに取り除かれていた。

手術の痛みは手術後にあっただけ。これも座薬の鎮痛剤ですぐ治まった。翌日からは、鼻の中に詰めたガーゼの交換が毎日あった。これが、痛くて、痛くてたまらない。だがつらいことはこれだけだった。

手術後に8日間、ガーゼ交換のため入院しなければならないと言われていた。私は個室を選んで、ワープロを持ち込み、術後のたっぷりある時間は、社会福祉士試験の受験資格を得るために必要な、養成施設の課題のレポートを書いて過ごすことにした。5教科分書けた。外出も自由で、徒歩30分の銀座にも出かけて銀ブラを楽しんだ。

入院後11日目に「手術は100パーセント、成功しました」とH先生に言われて退院した。その後幸いにも不具合は起こっていない。期待通り、私の長年の悩みが、H先生によって解決した。どういうわけか、2年後には花粉症にもかからなくなって、花粉症の時期を、何も感じず、快適に過ごせるようになった。私の花粉症苦行は終わったのだ。

その後、副鼻腔炎の内視鏡手術は徐々に普及していったようだ。20年後、地域中核病院・N病院の耳鼻咽喉科にかかったときのことだ。内視鏡で副鼻腔を診た医師は「副鼻腔炎の手術はどこでやったのですか」と私に訊くので、「20年前に慈恵医大病院の耳鼻咽喉科で手術を受けました」と答えると、「その医師は何という人ですか」とまで訊く。「H先生です」と答えると、フーンと納得した様子で、「H先生は、今はD大学病院の教授ですよ」とまで教えてくれた。

20年以上も前のことだから、私がこの病院で手術を断ったという記録は、残っているはずはないよね？ と気になっていたが、どうやら記録はないようでホッとした。

これは1例でしかない。耳鼻咽喉科で、内視鏡で私の鼻の中を診た医師の多くは、「見事な出来だ」と言って驚く。

私が、渥美清さんという役者のファンでなかったら、渥美清さんの訃報を知っても、追悼記事まで読むことはなく、その週刊誌は読まなかった。H先生の内視鏡手術を受けることもなかった。渥美清さんの大ファンでよかった。それが待望のハプニングをもたらしてくれたのだ。渥美清さま。本当にありがとうございました。お陰さまで副鼻腔炎を安楽に克服できました。私は一生、感謝いたします。

【出典】
「厚生労働省　平成21年度花粉症対策」(https://www.mhlw.go.jp)

12話

ホームヘルプサービスは廃止され、私の仕事はなくなった

試験的に実施されていたホームヘルプサービス事業は採算が取れないという理由で廃止された。私の仕事はなくなった。さあ、どうしよう。

1987年5月に成立した「社会福祉士及び介護福祉士法」においてソーシャルワーカーの国家資格が誕生した。施行は翌年の1988年4月である。ただし、この資格は業務独占資格ではなく、名称独占資格なので、この資格をもたない人でも、ソーシャルワークに就くことはできる。現に、私は人工透析クリニックのソーシャルワーカーとホームヘルプサービスのコーディネーターとして、この資格なしで働いてきた。

社会福祉士の初回の試験は1989年の年初に行われ「受験者は僅か1033人、合格者は180人、合格率は17・4パーセント」(厚生労働省のホームページ）だったとのことである。

だが、次第に社会福祉士の認知度や必要度が上がり、社会福祉士資格がなければ仕事に就けない職種も出始めた。この状況を背景に、社会福祉士資格はソーシャルワークに就いている人にとって、「もちたい」資格となっていったのである。

法の制定から35年を経た現在では、社会福祉士でなければ就けない職種は多岐にわたり、社会福祉士資格はソーシャルワーカーにとって必須の資格となりつつある。今や「社会福祉士登録者数も30万人に達しよう」（厚生労働省のホームページ）としている。

私がホームヘルプサービスのコーディネーターとして働き始めて6年くらいたったときに、その事業は採算が取れないという理由で廃止された。非常勤の看護婦やヘルパーさんは解雇された。私には研究者の補助的な仕事があてがわれたが、これは私の望む仕事ではなかった。また、私だけが居残っているのは居心地が悪くて、近いうちにこの職場を去らねばと気を揉んでいた。

そのとき、突然、私を戒めるハプニングが起こった。

「ケアマネジャーの受験資格がほしいと働きかけたお前は、ケアマネジャーの試験を受けなければならないぞ。ソーシャルワークをやりたいと言いながら、社会福祉士の資格ももっていないではないか。それでいいのか、よく考えろ」という私を叱責する声が、私の魂の中から聞こえてきた。

私は自らの甘えに気が付き、介護保険の創設に合わせ、介護支援専門員＝ケアマネジャー（以下ケアマネと略す）の資格と、他にもう一つ、社会福祉士の資格を取ることを自身に課した。このとき私は既に50歳近かった。錆びついた頭で二つの資格を同時に取るのは不可能に近いと思いながらも、次の仕事に就くにはそれしかないという切迫感に迫られ、挑戦することにした。それから2年間、私は二つの資格を取ることに邁進した。

ケアマネは新しい資格で、試験は初回となる。過去問もなく、難易度も全くわからない。受験者に与えられた分厚い2冊のテキストを読みこなし、要点を暗記する以外に方法はなかった。あとは自らの実務経験に頼るしかない。

この資格は国家資格ではない。都道府県が付与する資格である。私は居住地の神奈川県

の試験を受けることになった。１９９８年９月に試験があり、２か月後の１９９８年11月に合格発表があった。幸いにも私は合格した。同時に受験した周囲の人も、殆どの人が合格していた。

試験問題は意外にも易しかった。いや易しすぎた。何度も見直せるほど時間はたっぷりあった。自動車運転免許を取るためのペーパーテストに、ちょっと毛が生えたくらいのものだと思った。念のため、県の担当者に訊いたところ、私は満点であった。「やっぱりね」と納得した。

ケアマネ試験は易しすぎるという私の実感は間違っていなかった。試験が易しいから、簡単に合格でき、ケアマネの質の低下を招いてしまった。そこで国は試験の難易度を上げ、合格率を下げる策に出た。その結果、「初回試験の合格率は全国で44パーセントだったが、徐々に下がってきて、近年は20パーセント前後」（厚生労働省のホームページ）だそうだ。

これで私の次の仕事は一つは確保できると確信した。「第1回目の試験での合格者は全国で約9万人」（厚生労働省のホームページ）である。多分求人難になろう。しばらくは求人が殺到し、ケアマネの売り手市場になるはずである。社会福祉士試験に落ちても、ケアマネとして働けるという安心感はあったが、ここで気を緩めるわけにはいかない。社会福祉士試験に向けての茨の道も半分は通過した。何としてもやり遂げなければと、己にムチを打った。

社会福祉士試験は、次の2点で難しい試験である。

①受験資格を満たすことが難しい。

受験資格を得る方法は何ルートも用意されているが、「福祉系大学等で4年学んで指定科目を履修した者」のみがそれ自体で受験資格を得られる。それ以外の者は、相談援助業務に就いたり、養成施設で学んだりしなくてはならない。私のような4年制一般大学卒の者は、一般養成施設等で1年以上学ばなければならない。

②試験の難易度は割と高い。一般養成施設での履修科目は施設実習を含めて16科目。試験対象は13科目である（科目数は当時のもの）。合格率は25〜30パーセント。3〜4人に1人しか合格しない。

私はまず、一般養成施設への入学で躓いた。働きながらの勉強なので通信教育を受けることになる。首都圏に一般養成施設はかなりあるが、希望者が多くどこにも空きがない。知人のつてで、北海道の札幌市にある養成施設に空きがあることがわかり、やっと席を確保した。

1997年4月に入学し、1998年10月に卒業した。この1年半の間に2回、札幌にスクーリングに行き、自宅や入院中の病室で13科目のレポートを書いて提出、特別養護老人ホームで2週間の施設実習を受けた。働きながらこれをこなすのは楽ではなかった。しかもこの途中、1998年9月にケアマネ試験も受けたのだ。これで念願の受験資格ができ、私は1999年1月の第10回社会福祉士試験を受けられることになった。

ケアマネ試験の4か月後の社会福祉士試験である。この短期間にどれほど受験勉強ができるのか疑問である。そこで数年前に合格した知人に短期間の勉強法を尋ねて、それに倣った。それは13科目の要点をまとめた受験用テキスト2冊を、2回読むというものであった。

私はその2冊にしがみついて、要点を頭に詰め込み、記憶していった。若いときに比べて記憶力が落ち、効率が悪い。だが必死に頑張った。そして試験日を迎えたが、私はその頃、体調がすぐれなかったので、今回の受験は止めようとも思い始めていた。ところが「受験のチャンスがあるのに受けないのはもったいない。1日で済む試験だろ。それくらいできるだろ」と試験日前夜に夫に諭され、仕方なく受験したのである。

四谷の上智大学のキャンパスが試験場だった。午前と午後の2回行われ、1日で終わる。5時間で150の問いにマークシートで回答する。私にはとても難しかった。暗記物は全くわからず、当てずっぽうに答えていった。５ページくらいもある事例問題で、やっと、まともに考えることができた。

時間も十分になく、時間との勝負である。隣の人は机の上に、大袈裟にも大きな丸い目覚まし時計を置いていて、それをチラチラ見ながらやっている。私はほぼ全滅。合格はありえないと確信した。受験資格は満たせたから、これから何度でも受験できる。

社会福祉士は受験資格を満たすことまではできたから、これで、とりあえずは善しとしよう。一度に二つの資格を取ること自体がもともと、無理だったのだと。少し、気持ちを休めて、次回は必ず、合格してみせると決意を新たにした。

【出典】

「社会福祉士国家試験の受験者数の推移等」（https://www.mhlw.go.jp>content）

「介護支援専門員　初回試験の合格者・合格率」（https://caremane.site>試験情報）

13話

社会福祉士試験、受けたんだから
ちゃんと結果を見なきゃ！

試験が難しくてできなかったので、不合格と思い込み、合格発表のことは忘れていたが、知人が官報をもっていて、私の名前を探し始めたら……。

介護保険制度のスタート1年前・1999年4月に大手企業が運営する居宅介護支援事業所にケアマネとして就職した。4月3日の社内歓迎会で、その会社の別の部署に勤めている知人の若い男性から声をかけられた。彼は私と同時に社会福祉士試験を受けていた。手に官報をもっていた。「俺は受かったよ。君はどうだった？」と訊かれた。「試験が難しく全くできなかった。合格するわけがないから、試験のことは忘れていた」と言うと、「受けたんだから、ちゃんと結果を見なきゃ！　今日の官報で合格者が発表されているから、一緒に見ようよ」と誘う。見てもしようがないと、ふてくされていたら、「あ、君の名前があるよ。合格したんだよ。ほらあるでしょ。よかったじゃん」と喜んでくれた。

棚ぼたのハプニングだ。

私は信じられず、突然のハプニングに驚いてしばらく呆然としていた。あんなにできなかったのに、どうして受かったんだろう？　と考えていたら、ハッと気が付いた。合格したんだから、再度、受験するわけはなく、合格した理由を詮索する必要なんかないのだと。正気に戻って、自宅に電話したら、夫は「そうなんだよ。合格したんだよ。ポストに分厚い封筒が入っていたので、開けてみたら、『社会福祉士国家試験合格証書』が入っていた。やっぱり、受けてよかったじゃないか」と言い、上機嫌だった。

出所は忘れたが、どこかで見た問題。「『社会福祉士試験に受かったら、社会福祉士資格を取れる』は○か×か」。正解は×である。試験に受かっただけでは社会福祉士資格は取れない。試験実施者の社会福祉振興・試験センターへの登録が必要だ。というわけで早速、登録手続きをした。登録番号は第１６５○○号。少ないんだなあ。10回目の試験でやっとこの数だ。

私は念願通り二つの資格を得た。選択肢があるのはありがたい。今はケアマネをしているけれど、いつか、社会福祉士職にもトライしてみようと思っていた。

自慢話になって恐縮ではあるが、養成施設在校中に遭遇したサプライズなハプニングを追加させていただく。

養成施設で学ぶ科目の一つに社会学がある。スクーリングでの講師は地元の北海道大学の社会学のK教授であった。テキストはK教授のご著書が使われた。講義内容は「高齢社会の課題」。高齢福祉に従事してきた私にはピッタリな分野であり、講義にはスンナリと溶け込め、面白かった。

スクーリングが終わると、レポート提出がある。自宅でレポートを書き、学校に送ると、1か月くらいして、採点されて返送されてくる。

先ずは嬉しいハプニング。

社会学は何と98点だった。「あなたが最高点だ。よくできている」とのコメントが付いていた。受講生は300人も居る。その中で私がトップ？　たまげた。だが、何と光栄なことか。日頃、高齢福祉に携わっているがゆえの成果だ、私が愚直に仕事に向き合ってきた証拠でもあると自分を褒めたい気持ちになった。

それを認めてくれたK教授にはひとえに感謝あるのみ。そう思いながらK教授のご著書をめくり、「著者の略歴」を見て、驚いた！

びっくり仰天のハプニングだ。

何と、私はK教授と同窓であった。私はK教授と同じ九州大学の社会学専攻の2年先輩だったのだ。だが私は2年間留年しており、留年中はあまり大学に行ってないので、学生のときのK教授とは会ったことはないと思う。私はK教授に親しみを覚え「先のレポートで最高点をいただいた私は、先生と同じ九州大学の社会学専攻で、先生は私の2年後輩なんです。奇遇ですね」とお手紙を出そうと思った。だが、「社会福祉士試験に落ちたら恥ずかしい」という思いのほうが強くて、結局、出すのは止めた。

私が社会福祉士試験を受けようと思ったから、また首都圏の養成施設に空きがなくて札幌の養成施設にまで行ったから、30年後にこのような愉快な出会いが起こったのだ。選択の連続の中で起こったハプニングだが、運命の戯れで、ときに粋な計らいがなされ、人生を楽しませてくれるのだ。「面白いことも起こるもんだな。人生は」と大いに感服したものである。

14話

あのとき鎌倉も雷雲だった

ある真夏の夕方、職場にいたとき、急に空が真っ暗になり、これまで経験したことがないような豪雨と雷の閃光と轟音に見舞われた。怖がり屋の私は怯えきって、震えていた。さらに何か嫌なことが起こりそうな不吉な予感に襲われた。

前話に述べたごとく、私はケアマネの資格を取り、介護保険制度開始のちょうど1年前、1999年4月から、ある居宅介護支援事業所のケアマネとして働き始めた。制度開始前からケアマネが働くのは、開始日の2000年4月1日に介護サービスが開始できるように準備するためである。

ご承知のように、自分で介護サービスが必要と思っているだけでは介護サービスは利用できない。利用できるかどうかの調査を受けて、介護サービスが必要だと認められた者しか利用できない仕組みとなっている。認定調査はケアマネなどの調査員による聞き取り調査と、主治医の意見書からなる。これらが揃って審査が終わって、申請者に通知が行くまで、3か月から4か月はかかる。だから介護保険開始前から準備しておかなければならない。事業所の準備等を含めて、1年間くらいは必要だったのだ。

私が勤めていた事業所は東京・丸の内のお堀端に建つビルの最上階にあった。皇居が見下ろせ、宮内庁の庁舎が目に入る場所であった。

忘れもしない1999年の7月21日の夕方、6時頃。仕事を終え、帰宅しようと思っていたら、天候が急変して、空は真っ暗になり、暴雨と雷が襲ってきた。窓からお堀端を見ると、真っ暗で、皇居も宮内庁庁舎も見えず、ただ、ピカ、ピカという閃光が走り回っていた。それに続いて、ゴロゴロ、ドカンととてつもない轟音が私たちを直撃してくる。ビルの7階という高所のためか、閃光も雷の音も半端でなく、怖がり屋の私は怯え切っていた。テレビでは、この雷雲や豪雨は、東京と神奈川付近で起こっていると伝えていた。

中生代に生きていた恐竜が、大雨と雷の閃光と轟音に襲われて逃げ惑う絵をよく目にする。それを連想するような恐怖であった。これほどに激しい雷に出会ったのは生まれて初めてだ。帰宅どころではない。治まるのを待つしかなかった。雷を伴った嵐は1時間近くも続いた。そのとき、ふと、不吉な、予感とでも言えばいいのか、何か、よからぬことが起こりそうな胸騒ぎを覚えたのである。

私宅は携帯電話利用には関心がなく、携帯電話はまだもってなかった。夫が勤務先から無事、帰宅したかどうかも気になる。私が帰宅したとき、夫も帰宅しており、車をガレージに入れているところであった。ホッとした。「横浜でも雨と雷がひどかった？」と訊くと、夫は「ああ、ひどかったよ。そちらもかい？」と言うので「この世の終わりみたいだった」とおどけて大袈裟に言った。続いて、九州にいる両親に電話したが、別に変わった様子はなく、安心した。怖がり屋の私が心配し過ぎたのだと思った。

翌日、悲惨なニュースをメディアが報じた。

日本を代表する文芸評論家の1人、江藤淳さんの訃報だ。自害だった。7月21日の夕刻、お手伝いさんが不在だったときに、自宅浴槽の中で刀で手首を切り、自害したという。江藤淳さんは、前年11月に最愛の妻を病気で亡くし、悲しみに打ちひしがれている中、『妻と私』という闘病記を1999年7月1日に上梓した。そのわずか20日後の自害であった。

江藤淳さんは次のような遺書を残している。

［心身の不自由は進み、病苦は耐え難し。去る6月10日、脳梗塞の発作に遭いし以来の江藤淳は形骸に過ぎず。自ら処決して形骸を断ずる所以なり。乞う、諸君よ、これを諒とせられよ。平成11年7月21日　江藤淳］

（「ぼちぼちいこか　心身の不自由は進み、耐え難し」）

文筆家としての矜持に支えられた文語調の勇ましい名文である。自分の生き死には自分で決めることで、他人がとやかく言うことではない。この遺書を見て、他人である私が言えることは、江藤淳さんにとっては、それが、そのとき選べる最善のことであったということだけだ。

私は早速、『妻と私』を購入し、はやる気持ちを抑えながら読み始めた。淡々と冷静に書かれていると思った。

最愛の妻の死と自身の病気。自害を踏みとどまらせるものはなかったと言えるかもしれない。生きる意欲をなくしていたことは理解できる。それが嵩じて、「死にたい」という気持ちになっていたことも理解できる。『妻と私』を書き上げて、張り詰めていた気持ちが緩んだのかもしれない。

庶民の多くの人にとっては、江藤淳さんが自害しても、自害は意外ではあるが、次々に報じられる著名人の訃報の一つに過ぎなかっただろうと思う。

だが、私にとっては悲痛なハプニングとなった。

実は、江藤淳さんは、私の思い出の中では特別に思い入れのある人だ。私が自衛隊の看護学生だったときの1965年に、江藤淳さんの「夏目漱石」についての講演会に行ったことがある。江藤淳さんは慶應大学在学中から夏目漱石研究で論壇デビューしており、1960年代初めから新進気鋭の文芸評論家として、注目されるようになっていた。

講演会で、溢れんばかりの聴衆の前に颯爽と現れた江藤淳さんは、まだ33歳の若さ、青いスーツを着て輝いていて、光源氏を彷彿とさせる品と雰囲気があった。当時、私も夏目漱石の本は4～5冊読んでいたから、講演に触発されるものが多く、心を躍らせながら聴いていた。だが、江藤淳さんが、その講演で、夏目漱石をどのように論評していたかは、今は全く覚えていない。18歳の小娘にとって、江藤淳さんは、憧れの人になったという以外の記憶は今はない。

江藤淳さんはその後功績を積み、日本を代表する文芸評論家の1人となっていった。私は江藤淳さんの単行本を読むことはなかったが、新聞や雑誌のコラムは読んでいた。その活躍の陰に妻の慶子さんがおられたことを『妻と私』や雑誌等で知った。江藤淳さんと妻の慶子さんは慶應大学の同級生という。江藤淳さんが評論を出すときは必ず、妻の慶子さんが目を通し、意見を言う。江藤淳さんにとって、妻の慶子さんは学問上の同胞であり、江藤淳さんを最も理解していた人であったという。

その慶子さんが肺癌の脳転移で手の施しようのない状態になってしまった。江藤淳さんは慶子さんの入院中、病院に住み込み、慶子さんの看病をし、そこから職場の大学へ通っていた。そこまでやりきる夫は滅多にいないだろう。それほど慶子さんはかけがえのない人であったのだろう。

江藤淳さんほどの人だ、頼れて信頼できる友人や知己にも恵まれていたはずだ。江藤淳さんの悲しみに寄り添ってくれる人はたくさん居たはずだ。お手伝いさんは、故石原慎太郎さんが、「お手伝いさんに家に来てもらえばいい」と勧めて、来てもらっていた人だという。

本を執筆中であったから、出版社の編集者などとの交流も日常的であったと思われる。友人・知己と仕事に恵まれていても、妻を失った喪失感を癒す薬には全くならなかった。互いが互いの分身であるような夫婦であったのだろうと思う。

江藤淳さんが自害したときは鎌倉も雷雲に襲われていた。それは確かなことである。没後25年の今年の「江藤淳—妻と私・幼年時代—本の話—文春オンライン」にもそのように書かれている。

あれほどの雷雲に襲われたら、「死にたい気持ち」をもっている人は、死にたくなっても、不思議ではないと私は思った。

私が東京で激しい雷雲に怯え、不吉な予感に襲われていた時間と、江藤淳さんが死のうと逡巡し、決行した時間がピタリと重なる。私が霊感をもっていたり、超能力者であったら、江藤淳さんの自害を予感していたと言えるだろうが、そんなものはありえようはない。

ただ、言えることは、真っ黒な空、雷雲や閃光や轟き音は、人を恐怖や不穏や不安な気持ちに追い込むということである。ニコニコ笑ったり、歌ったり、踊ったり、楽しいことはできないだろうと思う。静かにおとなしく、じっと耐えて過ごすことだろう。

日頃、つらいことがあって、「死にたい」という気持ちに取りつかれている人がいたら、このような悪天候のときは気持ちが塞ぎ、自害の引き金になることもあるのではないかと思う。江藤淳さんが、あの日、あのとき自害したのは、雷雲のせいだと私には思えて仕方ないのである。

お手伝いさんが出かけていて、家には誰も居なかったからとも考えられる。だが、お手伝いさんが来るまでは、江藤淳さんは独り暮らしだったはず。私には「なぜ、あの日、あのときに限って」という疑問が残る。

私がこの問題にこだわるのは、私も夫と二人暮らしで子はいないので、私たち夫婦もいずれ辿る道であるからだ。長年連れ添った夫を亡くしたら、私だって「死にたい」という思いに取りつかれて過ごすことになるかもしれない。そのとき、何が自害を決行する引き金になるのか、何が生と死を分けるのか、それは意外にも紙一重のことかもしれないなどと関心をもったからである。

江藤淳さま。慶子夫人とともに安らかに眠っておられるところにサスペンスまがいな干渉をし、誠に申し訳ありません。でも、私は「もし、あのとき、雷雲が襲ってこなかったら」という仮説を捨てきれないのである。人の生き死にを決めるのは意外に些細なことかもしれない。だが、それはそれでいいのかもしれないという死生観ももてるようになったのである。

江藤淳さんの雷雲のもとでの自害というハプニングは、私の死生観に新たな気付きをもたらしてくれたように思う。そのお陰で私は人生により柔軟に向き合えるようになった気がする。

【出典】
「ぼちぼちいこか　心身の不自由は進み、耐え難し」（https://sml.co.jp/documents/bochi/100167.html）
江藤淳『妻と私』文藝春秋　１９９９年
「江藤淳―妻と私・幼年時代―本の話―文春オンライン」（https://books.bunshun.jp>num）

15話

とんでもないところへ来てしまった

私は在宅・施設のケアマネを6年間ほど勤めたあと、せっかく取得した社会福祉士の資格を活かしたいと思い、地域包括支援センター2カ所で社会福祉士として働いたが、うまくいかず、短期間で退職した。

介護保険法の見直しによって、２００５年4月に「地域包括支援センター」（以下「地域包括」と略す）が創設され、社会福祉士が地域包括に配置されることになった。これにより社会福祉士の需要は一挙に増えていった。

地域包括は「高齢者の総合相談窓口」として、身近なものになってきているが、法では次のように定められている。

［地域包括支援センターは、市町村が設置主体となり、保健師・社会福祉士・主任介護支援専門員等を配置して、３職種のチームアプローチにより、住民の健康の保持及び生活の

安定のために必要な援助を行うことにより、その保健医療の向上及び福祉の増進を包括的に支援することを目的とする施設である。（介護保険法第115条の46第1項）

主な業務は介護予防支援及び包括的支援事業

①介護予防ケアマネジメント業務

②総合相談支援業務

③権利擁護業務

④包括的・継続的ケアマネジメント支援業務

で、制度横断的な連携ネットワークを構築して実施する」

（「地域包括支援センターの業務」）

となっている。

お役所言葉でわかりにくいが、具体的には、高齢者の相談支援業務、ケアマネジメント業務が主業務で、次いで虐待等における権利の擁護、成年後見制度の活用促進、徘徊者の捜索の協力、地域の高齢者向け介護予防イベントの実施などを行っている施設である。

①最初に就職した地域包括では

「社会福祉士がなかなか見つからなくて困っている」と言われ、同情して就職した。ところが、足りない職種は社会福祉士だけではなかった。それに「見つからなくて困っている」と言われたのに、現場では困っている様子はなく、居る人たちだけでやりたいようにやっていた。私は居たら邪魔、お荷物のような存在に見えた。前任者が居ないので、ゼロから立ち上げていかなければならないが、それもうまくいかず、センター長から、指示・強制されて行う業務が多かった。私の業務は居宅介護支援事業所で働くケアマネと何ら変わらないと思った。地域包括のメインの業務は「総合相談支援業務」となるが、ここでは、相談窓口さえ整備されておらず、相談者は来れない。相談は電話のみで受け付けていた。私は社会福祉士としての業務を培っていきたかったが、ここでこれを実現するのは、私の能力不足もあり、実現はできないと見限って、退職を決意した。

退職の意を管理者に伝えたところ、「後任が見つかるまでは居てほしい」と頼まれ、これは致し方なく受諾した。すると次の言葉を続けた。

「後任が見つからないときは、あなたの名義を貸していただけませんか」と。

衝撃のハプニングだった。

コンプライアンスなどまるでない。犯罪に加担して罪人にはなりたくないし、資格剝奪も困るので、私は即座に拒否した。本当にびっくりした。

後任が数か月後に採用されたが、私とは挨拶程度。ほんの少ししか会ってはいない。私からの引継ぎも受けさせなかった。

これも、衝撃のハプニングだ。

前任者が居るのに引継ぎもさせないというのは変だ。私と会わせたら、私からこの地域包括の実態を聴くことになる。せっかく見つけた後任が、私のように辞めたら困るとでも危惧したのだろうか。引継ぎがなければ後任者は私のようにゼロからの出発となり、苦労するに違いない。私は業務の記録はきちんととっているので、少しは助かるだろうが。

だが、帰宅途中の駅で後任の女性の社会福祉士とバッタリ会ってしまった。彼女は私に「地域包括の社会福祉士の仕事で大事なことは何ですか」と不安そうに訊いてきた。彼女も何か悩んでいるようで、例えば、「引継ぎがないのはあなたの意向ですか」など訊いてくれれば、私も本当のことを伝えたが、訊かれもしないことに口を出し、出しゃばるわけにはいかないと自粛した。

これらのことから、現場がおかしいのは、この法人自体が根本からおかしいからだということに辿りついた。辞められてよかった。地域包括は高齢化の進行に押され、次々に新設されている。これで折れるわけにはいかない。いつか、私に合った地域包括と出会えるはずだと期待して、この地域包括のことは、忘れようと思い、傷心の身を整えた。

②次に就職した地域包括では

同僚の誰かが管理者に「リリコさんが『虐められている』と言っている」と言い付け、私は管理者に呼ばれ、注意された。私には全く身に憶えのないことである。私は断じてそんなことは言っていない。嘘のでっち上げである。

衝撃のハプニングだった。

そこに、また、新たな衝撃のハプニングが起こった。

私は席に戻ると、同僚に、「私が『虐められている』と言っているのを聞いた方はいますか」と訊いたところ、みんな、シラーッとして、何も言わなかった。誰1人、「それはどういうこと?」と訊く人もいなかった。陰でこっそり、「実はこういうことなのよ」と教えてくれる人もいなかった。私はこの状況から、この嘘のでっち上げはみんなも周知のことと判断せざるをえなかった。孤立無援。私は不吉な予感にとらわれた。

私の仕事の仕方がまずくて、皆の顰蹙を買っていたのなら、管理者にそのように言えばいい。なぜ、わざわざ、あんなひどい嘘をでっち上げるのか？　これには何か陰謀のようなものが潜んでいるように思え、私はこの職場の同僚が信じられなくなった。

元々、ここの同僚とは何かしっくり来なかった。同僚側も、親ほどの年齢差がある私に違和感をもっていたのかもしれない。だが、そういう関係であっても、嘘のでっち上げは許せない。それ自体が「虐め」だ。

初出勤の日、採用面接に補助的に臨席していた、私より30歳も若い女性のセンター長は、私に会うなり「まさか、あなたが採用されるとは思わなかったわ」と歓迎しない意を平然と私にぶつけた。私は始めから淘汰される運命であったのだ。

今回のことを我慢して居続ければ、次々にでっち上げが起こり、私の心の傷はさらに深くなり、いずれ辞めることになるのは明らかだ。それなら、まだ、傷の浅いうちに辞めたほうがいい。この状況では、今、辞めることが、最善のことだと悟って、私は退職を決意して、1か月後にこの地域包括を去った。

このとき、私は63歳。この地域包括で業務に専念して、私の最後の仕事にしたいと思っていたが、その思いは叶わなかった。**悔しい！**　だが、これも運命だと諦めるしかない。私はそう思うことにして、気持ちの切り替えに努めた。

【出典】
「地域包括支援センターの業務」（https://www.mhlw.go.jp>chiiki-houkatu>link2）

16話

どうしても謝る気にはなれない

副社長が「監査役にあげるウイスキーボンボンだ。誰も食べるなよ」と言って置いていったウイスキーボンボンの箱から、誰かが2粒だけ取りだして食べてしまった。それを知った副社長は会議で「誰が食べたんだ」と怒りまくったが……。

私は事情があって、ある時期、製造業を営む小さな会社の事務員をしていたことがある。

社員は、役員は社長、副社長、監査役の３人、従業員は私の他に工員３人がいる合計7人のまことにこぢんまりとした職場であった。

事務員は私1人なので、私の業務は多岐にわたって多忙であった。早めに出社して、コーヒーを沸かし、飲みたい人がいつでも飲めるように準備しておく。次は掃除。まず掃除機をかける。事務所は広くはないので、それほど時間はかからない。トイレの掃除もある。最後はみんなの机の拭き掃除。雑巾で一つ一つ丁寧に拭いていく。監査役は日頃は来ないから、机はない。副社長は兼業なので、いつも居るわけではない。月に5日から6日くらい来るようだ。しかし、その日がいつかわからないので、私は毎日、拭いていた。副社長が来社したとき、自分の机にほこりが溜まっていたら、気分が悪いだろうと気遣ってのことだ。

副社長の机の上にしばらく前から、ウイスキーボンボンが25個くらいは入っていそうな箱が置いてある。この箱を持ち上げて机を拭いていると、いつも不快な思いがよぎる。副社長は工員や私に向かって「このウイスキーボンボンは監査役にあげるものだ。誰も食べるなよ」とまるで小さな子供に言い聞かせるような失礼なことを言った。私たちは蔑まれているんだ。物の数ではないのだとしか思えないではないか。

掃除が終わると本格的な事務作業に入る。経理を始め、振替伝票を起こす。工員が求める部品の発注業務、書類作り、来客接待、銀行での支払い、給料明細作りなどなど。終業前にお金の出入りを確認する。帳簿上の現金の額と、実際に手元にある現金が合わないと大変だ。足りない1円を床を這いずり回って捜し回るが、どうしても見つからないときもある。逆に1円が余るときもある。そういうときは税理士さんに相談するが、どう解決したかは秘密。

小さな会社のたった1人の事務員だから、私は会社の大事な情報や従業員の個人情報など多くのことを知ることができる。会社にどれくらいの資金があるかも知っているし、従業員の履歴も給料も知っている。事務員に求められるものは何かと問われれば、私は「口が堅いこと」と答える。事務員の口にはチャックが必要なのだ。

そんな事務員暮らしをしていたある日。役員と従業員の全員が参加する月1回の全体会議でとんでもないことが起こった。

副社長が「『ウイスキーボンボン、誰も食べるなよ』と言っといたのに、誰が食べたんだ！」と声を荒げて怒りだした。あるとき、誰かがウイスキーボンボンの箱から2粒だけ取りだしてそれを食べたらしいのだ。

破廉恥としか思えないハプニングだ。

私は副社長ほどの人が、たかがウイスキーボンボン2粒くらいのことを、会議に出す思慮のなさ、幼稚さが我慢できなくて、白けた気分で下を向いていた。

外部から人が侵入してくることはありえないから、この中に犯人が居ることは明らかだ。私は食べていない。社長は下戸。チョコレートも大嫌い。残るは工員3人だけだ。その中の1人から2人が食べたことは間違いない。工員たちは沈黙し、下を向いたままだった。「私が食べました。すみませんでした」と名乗りでる人は1人もいなかった。さらに沈黙が続く。

私は彼らの意図が読めた。誰かが「私は食べていません」と発言すれば、残る人たちの中に犯人が居ると、わざわざ指摘することになるので、誰もそんな愚かなことはしない。沈黙し続けて、この場をやり過ごそうと考えていたに違いない。私も同調し沈黙を通した。

副社長は怒りの拳を振りあげたものの、下ろすところがなく困惑していた。私は「副社長の負け」と判定した。

私はこの沈黙は、副社長の暴言や蔑みへの、工員たちの抵抗ではなかったかと思っている。

たかがウイスキーボンボンくらいのことに「食べるなよ」と40代の大人に向かってわざわざ言うことか。我々は年端もいかない子供か？　しかもウイスキーボンボンは仲のいい監査役だけに買ってきて、我々にはない。あまりにも人をバカにしている。なら、「食っちゃえ、食っちゃえ」となったのではないだろうか。

ところが、副社長が、会議にまで出して犯人捜しを始めた。そこまでするのなら、こちら側も、受けてやる。日頃、仲のいい人たちだ。以心伝心で、瞬時に3人の気持ちが一致して「抵抗」としての沈黙が成立したのではないのだろうか。

工員たちの「沈黙作戦」のパフォーマンスは見事であった。ひとことも言わず、副社長をやっつけてしまったのだから。彼らは最善の選択をして、折れない心を手にしたのだ。

「工員」と言ってきたが、工員たちのために、私はチャックを緩めさせていただく。「工員」と言うよりは「エンジニア」と言ったほうが合っている。彼らは極めて優秀な人たちで、相応のプライドをもっている。一流大学の大学と大学院を出て、大企業の研究所で研鑽を積み、高い技能を身に付けている。社長と比べても遜色はない。社長が製造に失敗したものを、彼らが完成させたことも何度かある。だが、副社長は、自分や社長と彼らとの能力差は大きいと自惚れ、彼らを見下していた。

副社長はウイスキーボンボン事件の他にも、彼らが悪いとは言いきれないことを、彼らが悪いと責め、会議の席で大声を上げて怒鳴り散らしたこともある。そのときも彼らは沈黙を通した。「すみませんでした」とか「申し訳ありませんでした」などと言って、謝罪する人は1人もいなかった。彼らのプライドが副社長の暴言や蔑みを許さなかったに違いない。

日本人は、不当な扱いを受けても、シロクロはっきりさせるのを大人げないとか不徳だとみなし、曖昧にして濁す傾向がある。言うべきことを言わずに沈黙することも多い。この場合の沈黙は「服従」を意味するが、エンジニアたちが示したような「抵抗」としての沈黙もあるのだ。「沈黙は金なり」という諺は「抵抗」のときにこそ価値があると言っているのではないだろうか。「沈黙」は伝家の宝刀。ここぞというときに使って、折れない心を育てるのだ。

副社長は従業員を蔑んで、結局、自分が恥をかく羽目になった。天に唾を吐いてしまったのだ。総勢7人ほどの家庭のような職場だ。常識のある人ならこういう場合は、従業員にも同じものを買ってきて、「皆さんもどうぞ」と差しだすだろう。それなら誰も不快な思いをしないで済む。こんなくだらない事件も起こらなかったはずだ。

17話

もう少し、陽当たりがよければなあ

私の自宅は住宅密集地にあり、家屋と家屋がくっついていて、どのお宅も庭らしい庭をもてないでいた。そのうえ私宅の隣にはアパートが建っていて、それにさえぎられて、私宅は陽当たりが非常に悪かった。

私たちが老人ホームに入る前に住んでいたうちは、駅から徒歩8分ほどの地にあった。駅周囲にはスーパー、クリニック、薬局、本屋、美容院、百円ショップなど何でも揃っており、賑やかで便利だった。駅と反対方向、徒歩5分の地には郵便局の本局やコンビニもあった。住むには誠に申し分のない地である。だが、肝心の自宅は住みやすいとは言えなかった。

私宅の近隣7軒は、同じ地主から同時期に購入したもので、大体1区画45坪くらいである。家屋を建てると、庭にできるほどの土地は殆どなく、家同士がくっつき過ぎていた。

あるとき、やっと見つけた隙間に、私の好きな泰山木を植えたら、みるみるうちに大樹となって、白いポッコリした東洋的な花を咲かせてくれた。だが、風が吹くと、枝が東隣のお宅の2階の窓に当たり、うるさくてたまらないとの苦情が来て、樹をバッサリ切らざるをえなかった。悔しくて、悲しくて、広い庭がほしいと、叶わぬ願いを抱き続けた。

そんなある日、お隣の女性から「うちの土地、買いませんか」というありがたいお話をいただいた。その土地は私宅の南側の地続きで、そこには2階建てのアパートが建っている。彼女はそのアパートの持ち主で、かつ住人でもある。ご自身、高齢になったし、アパートも老朽化したので、東京のお子さん宅に転居するとのことだ。

当方は建ぺい率ギリギリに家屋を建てているので、アパートとの間の隙間が狭く、私宅は非常に陽当たりが悪かった。1階の部屋は昼間でも薄暗く、2階のベランダも、布団を干しても干し甲斐を感じられなかった。もし、南側の、アパートが建つ土地が私宅のものになれば、陽当たりの悪さが解消され、陽当たりは抜群によくなるのだ。

僥倖のハプニングが起こったのだ。

生涯に一度あるかないかのラッキーな話である。売主が不動産屋を通さず、私宅に直談判してくれたことがありがたい。もし、不動産屋を通せば、他の誰かが買うはずだから、私宅が購入するチャンスは二度とめぐってこないだろう。何が何でも、手に入れなくてはならないとの切迫感にかられた。問題は、いくらで買えるのかだ。

「隣地は倍額出しても買え」という格言がある。しかし売主は良心的な方で、隣地だからといって法外な額を提示したりはしなかった。相場に見合った納得のいく額が提示され、ホッとした。私たちが歓喜してこの土地を購入したのは言うまでもない。

購入した土地は、まず、アパートを解体・撤去した。途端に私宅の陽当たりがよくなった。1階の部屋は陽が燦々とさし、明るくなった。2階のベランダで布団を干すと、布団は陽ざしをいっぱい浴びて膨らみ、お陽様の匂いがした。

次にサンルーム風の部屋を増築した。数年のうちには、九州にいる要介護の両親に来てもらうことになる。部屋を増築しないと、受け入れられないことはわかっていた。どうせ作るのなら、庭を一望できる洒落た部屋を作りたいと思い、サンルーム風にすることにした。庭側の部屋の壁をくりぬいて、そこにガラス戸いっぱいの部屋をくっつけた。ガラス戸の縁は白く塗り、ガラス戸を囲む壁はレンガにした。イギリス風かなとひとり満悦感に浸り、心はウキウキ幸福感に包まれていた。

サンルームは見かけが洒落ているだけでなく、実用面においても大いに重宝した。陽ざしを浴びて、明るくて暖かくて、真冬も暖房器不要だった。その部屋に置いたテーブルは、食卓にも、事務机にも、ゲスト用にも使って、まさに万能の部屋。他の部屋を使うことが少なくなった。ただ、ガラス戸が多いので、周囲のお宅の人から、何をしているのかが見えるのが難点だった。だが、食事をしていても、何を食べているかまでは見えないだろうから、「ま、いいか」と割り切ることにした。

最後は庭作りだ。これは夫の趣味だ。まず、サンルームの手前から芝生を敷き詰め、その周りは花壇にして、クリスマスローズ、ビオラ、ルピナス、千日紅、向日葵、コスモス、

カラー、ホトトギス、ダリア、グラジオラスなどを植えた。その外側を木花で囲んだ。柿、エンゼルトランペット、紫陽花、椿、銀木犀、ノウゼンカズラや薔薇、それに名前も知らない木も植えられた。柿が、甘くておいしい実をたくさん付けると、鳥がついばみに来て、たらふく食べて飛び去っていく。

さらに、飼っている猫が庭に出られるように、サンルームに猫用出入口も作った。同時に猫が庭から脱走しないように、庭を網戸で囲んだ。猫にとっても庭はお気に入りの場所で、庭に出て、茂みに潜み、ネズミやモグラなど獲物を狙って過ごしていた。猫は眠っていた野性をこの庭で取り戻せていたのではないかと思う。

また、そこに小さな動物も住み始めた。ガマガエル、トカゲ、ヤモリは代々住み着いてしまった。夏季に棚を作ってゴーヤを植えると、夜、ヤモリがそのツルをつたってガラス戸に張り付いて、私たちを眺めている。

ヤモリは背中側はトカゲのような気色悪い色をしているが、お腹側は白くてきれいだ。また、ヤモリの手足についている吸盤が、東洲斎写楽の絵に出てくる手のようで面白い。ときには子連れで訪問してきて楽しませてくれる。ヤモリは、光を求めてくる小さな虫をとらえて食べているようだ。間違って部屋の中に紛れ込んだヤモリを、庭に戻そうとして、夫が捕まえたら、キッと、手にかみついたらしい。夫は「おお、痛え。こいつ、小さなくせして」と本気で怒っていたのがおかしかった。小さな動物たちも私たちの家族同然である。姿を見せない日は、どうしたのかと気になってしまう。

近所の人は、この土地にアパートを建てるのではないかと噂していたようだ。きっとそうする人が多いのだろう。だが、私たちはそんなものには関心はない。太陽の陽ざしがほしかったのだ。それは陽当たりのいい部屋と百花繚乱の花壇と緑の芝生を私たちに与えてくれた。私たちにとって、どんな高価な宝石よりも価値のあるものである。この恵みをもたらしてくれたラッキーなハプニングに改めて感謝したい。

サンルームができ上がった翌々年、両親が私宅に移ってきた。朝起きてから就寝するまでずーっとそこで過ごしている。両親も庭が一望できる部屋に満足していたように思う。

その15年後・2019年9月、房総半島を襲った台風15号。軒並み屋根が吹き飛ばされ、青いビニールシートが屋根を覆っている光景をテレビで観た。遠く離れた横浜の我が家でも、車庫の門扉が吹き飛ばされてしまった。家屋本体は築40年、5年ごとにペンキの塗り替えなどの手入れを繰り返していた。その頃、既に気候変動は深刻になっており、大雨による河川の氾濫や地滑りなどの自然災害が頻発していた。それに備えるには家屋の手入れを大がかりにしなければならない。手入れを続けるより、鉄筋コンクリートのしっかりした建物に転居したほうがいいのではないか？　老々介護の問題もすぐやってくると判断して、「入居時自立」の有料老人ホームに転居することになった。親しくしていた隣のおひとりさまの奥様も急に亡くなり、寂しくもなった。長生きしてくれた猫も、その頃は、既に天に召されていなかったので、入居を阻むものは何もなかった。

しかし、自宅は売却しなかった。サンルームと庭に愛着があり、来たいときに来て過ごせるように、生活必需品は残してきた。半年ほどは夫が通って、庭の手入れをやり、家屋の風通しもやっていたが、そこに誰も予測だにしてなかったコロナ禍が起こって、通えなくなった。人の住まない家屋は荒廃が早い。1年ほどで、屋内はほこりが積もり、庭は雑草に占領された。もう、これ以上維持するのは困難と思わざるをえず、売却を決めた。

庭の花木で思い入れのあるものは、老人ホームの菜園に植え替えた。今、私宅の跡地には3棟の新家屋が建っている。庭に住んでいたカエルやトカゲやヤモリは、新しい居場所を見つけられただろうか気になる。

僥倖のハプニングで手にいれた陽ざしとサンルームと庭を、コロナ禍という予期せぬ不幸なハプニングで失った。しかし、サンルームと四季の花が咲き乱れる庭は、私の思い出の中で、燦々と陽ざしを浴びて今も輝いており、私の心を和ませてくれている。

18話

病が、私を変えていく

歯痛を始め、私は病気をたくさん抱えている。だが、病が私に平穏な日々をもたらしてくれている。

イギリス旅行を終えて間もない頃であった。歯の違和感に気付いた。話すときに奥歯の上の歯と下の歯がぶつかるのを感じるようになった。また左奥歯の上の6番の歯が痛くなった。それが原因不明の難治性の口内疾患の始まりであった。

10年後の現在、奥歯の痛みはひどくなり、食べ物が咬めなくなって、食事はミキサー食である。歯痛で眠れず、睡眠薬を飲んで、眠っている。また、ドライマウスも加わって、話しにくい。多くの医療機関を回ってつけられた病名が、歯の噛みしめ、難治性の口腔内炎、身体表現性疼痛、難病指定のシェーグレン症候群等である。

シェーグレン症候群を患っているにもかかわらず、私は今は病院の専門科にかかっていない。シェーグレン症候群には治療法がない。血液検査と尿検査を定期的に行って、心臓等の内臓や諸器官に異常がないか経過観察していき、問題が見つかれば、対症療法をしていくということしかないのだ。シェーグレン症候群の症状であるドライマウスには「サラジェン」という薬が開発されている。病院に行っても、サラジェンを処方されるだけだ。病院でなくてもできるだろうと思い、歯痛もつらかったので、病院受診を止め、訪問診療に変えた。サラジェンは少し効いて、喉の渇きにはさほど苦しめられることなく過ごしているが、副作用の発汗がひどく、夏でも、冬でも、汗をかいたあと、体が冷えて、寒くてたまらないのがつらい。

私は起きているすべての時間、歯痛に苦しめられている。歯痛は行動制限を来す。発病後数年たつ頃には殆どどこへも出かけたくなくなった。どうしても行かざるをえず、行ったのは、樹木葬の墓地見学と、有料老人ホーム探しである。墓地も有料老人ホームも一度で決まった。何カ所も行くのがつらいので、投げやりになって決めたのではない。運よく、気に入って決めたのである。

現在は老人ホームで生活しており、外出は殆どしない。友人とは会わず、メールでやりとりしている。居室から外に出るのは、老人ホームの遊歩道を散歩したり、菜園を見るくらいである。運動不足を補うためにエレベーターには乗らず、階段しか使わない。と言っても僅か3階であるが。起床時は20分くらい、体操をする。夜にはホーム内の周遊路を4～5回歩いて回っている。

食事は冒頭で述べたようにミキサー食であるが、老人ホームのミキサー食は食べにくいので、自室で夫が作ってくれたものを食べている。うちのミキサー食はごはんとおかずの食材すべてをミキサーにかけてペースト状にしたものである。食材は生協の宅配と夫の買い物で調達している。食べる楽しみは全くなく、外出の楽しみもない。いつも歯痛に苦しみ、動きの少ない生活を強いられているが、それでも私はおおむね、平穏に過ごしている。

18話では、このような私が、どのようにして平穏な暮らしに導かれたのかを述べさせていただく。

先ず歯痛対策だ。無我夢中になって神経を集中させれば緩和できるのではないかと考えた。そうさせてくれるものは何か？

ドラマを観ても読書をしても歯痛のつらさは忘れられない。ドラマを観るのも読書をするのも、神経を集中しなければならないほどのものではない。割と気楽な気持ちで取りかかれるものである。ドラマは話し言葉を伝達手段にしているので、難解ではない。書物は書き言葉を伝達手段にしているので、ドラマより難解ではあるが、それでも神経を集中しなければ読めないものでもない。哲学書や法学書や経済学書になると話は別で、難解過ぎて、神経を集中させる前に私は放りだしてしまう。ドラマ、映画、書物でも目が離せなくなるほど、面白いことはときにはある。が、総じて神経を集中させねばならないことではない。

音楽も神経を集中して楽しむものではなく、私の場合、くつろいで聴くものである。

他に時間を潰すものがなくて、「Netflix」でドラマを観たり、「Kindle」で読書したりして過ごすのが私の日常であるが、歯痛は常に私に絡みついている。

あるとき、私は本を書きたくなって、著述を始めた。表現したいことを言葉でどう綴ったらよいか、無我夢中で考える。「創造」という作業は神経を集中させなければできないのだ。ドラマや読書では得られなかった境地である。どういう言葉、どういう言い回しにすればいいのか考えているときには歯痛をあまり、感じない。緩和できていることにやがて気付いていった。

予想だにしなかった感激のハプニングだ。

4話のシャーロット・ブロンテのことに関連するが、シャーロットは歯痛もちであった。が、マンチェスター滞在中は、「歯痛がひどくてつらいときに、いつもそうしてきたように空想の世界に逃げ込み、『ジェイン・エア』を書き始めた」と、伝記『ブロンテ家の人々』では伝えている。ある文学者は「『ジェイン・エア』はマンチェスター滞在中に書き始められたと思われているが、そのとき、シャーロットは歯痛がひどかったので、そういうことはできなかった」（『「ジェイン・エア」を読む』）という自説を述べている。だが、私は自分の体験をもとに「そうとも言い切れないですよ」と言いたい。

私は、作文が歯痛の緩和をしてくれることがわかって以来、著述を始め、2021年に

歯痛があっても
文章は書ける
痛い
シャーロット・ブロンテ

初めて自費出版をした。その後は毎日、1話を書いて新聞の投稿欄に投稿したが、50回投稿しても、一度も取り上げられることはなかったので、やる気が失せてしまった。その次はアマゾンＫＤＰで自費出版した。今、書いているこの原稿で3回目の自費出版をしたいと思っている。

さて、平穏に暮らす方法の二つ目である。

それは「知らぬが仏」という生き方である。

私は２００９年、62歳のときに肺腺癌ががん検診で見つかり、手術を受けている。手術以来15年経たが、転移や再発はないようだ。一度だけカゼをひいたあと血痰が続いたので、気管支鏡検査を受けたが、異常はなかった。そのあとは何事もなく、経過観察は7年になろうとしていた。

実はこの病院で診てもらっていたのは、肺腺癌だけではなかった。肺腺癌が見つかったがん検診で、膵嚢胞も見つかっていた。私の膵嚢胞は膵臓癌を発生するリスクが非常に高い。嚢胞の大きさが15ミリを超えると要注意となる。幸い7年間、大きさは大体10ミリくらいで変化がなかった。重症患者に対応するため、転院してほしいと肝胆膵外科の医師から言われたが、そのとき「あと、10年。いや20年は大丈夫だ」とのことであった。ということはそのとき68歳だったから、78歳までは大丈夫ということになる。私はここで腹が据わった。肺癌と膵嚢胞の経過観察受診も止めることにした。

これは恵みのハプニングだった。

78歳まで生きられれば私はそれで十分だ。樹木希林さんだって75歳で亡くなった。もし、運悪く、途中で何か重大な病気が見つかってそれを治療しても、その先には最悪の膵臓癌が待っている。だから治療は受けない。治療を受けないのなら、病気をわざわざ探すこともない。それ以来、私は医療機関に新たに原則、かからないことに決めた。前述した歯痛の原因を見つけるために、私は7カ所くらいの医療機関にかかったが、結局、何もわからないまま、少しずつ進行している。もう、原因探しには行かない。なるがままに任せようと覚悟した。

そういう決断をする前までの私は心気症気味で、ちょっと気になることがあると、大袈裟にも、大病かもしれないと悩み、しょっちゅう、病院にかかっていた。がん検診も毎年受けて、ハラハラドキドキの日々を繰り返していた。

不思議なことに、医療機関受診から解放されたら、気持ちが楽になり、余分な心配もせずに気持ちが軽くなったのである。歯痛のため、睡眠薬を使ってはいるが、十分に眠るようになって、体温も、35度台から36度台半ばにあがった。免疫力もあがったのか、カゼも毎年ひいていたのに、ここ10年ほどまったくひいていない。勿論、私の体の中に病気はいろいろあるだろうと思っているが、それをわざわざ探さないという生き方である。知らないほうが気が楽なのだ。

「高齢期をうまく乗り越えていく秘伝」なるものを発信し続ける和田秀樹さんという精神科医は「85歳過ぎて体にガンのない人っていないんですよ。」、「知らぬが仏ですよ。」、「でもそれはとても重要な姿勢なんです。」、「『ガンとの共存』というのが重要な考え方になります。70歳以降の手術は体力を落とすデメリットの方が大きいですから。」とおっしゃっている（「岩田明子の貴方にスポットライト」）。同感である。今の私の生き方でもある。

肝胆膵外科の医師から言われた言葉で、私は致命的な病気を抱えていながらも腹が据わり、平穏な気持ちで過ごせている。50代とか先の長い人生を抱えている人や、高齢者でも健康でピンピンシャキシャキしている人には到達できない境地だと思う。

あと3か月で私は78歳になる。作文も続け、絵を描いたりしているかもしれないし、この世に居ないかもしれない。人生、一瞬先は闇だから。

【出典】

ジュリエット・バーカー『ブロンテ家の人々』中岡洋・内田能嗣監訳　彩流社　2006年

中岡洋（編著）『「ジェイン・エア」を読む』開文社出版　１９９５年
『週刊新潮』２月15日号「岩田明子の貴方にスポットライト」新潮社　２０２４年

19話

能登半島地震後、防災ラジオの点検をしていたら……

地震などの災害時に備え、防災ラジオが確かに聴けるかどうか点検しているときに、夫がふと漏らした言葉が、ある大発見？の引き金になった。

今年元日に起きた能登半島地震の被害の凄まじさは、「明日は我が身」という恐怖心をみんなに植え付けるのに十分だった。そのため、我が家でも、災害時に備えた防災グッズの点検をすることになった。日頃は戸棚の奥に置きっぱなしの防災ラジオを取りだして、不具合がないか調べていたときに、「ラジオ」に触発されたのか、夫が「『ジェットストリーム』の城達也さんは素晴らしかったなあ」と言いだした。「え、あなたも『ジェットストリーム』、聴いていたの。知らなかったわ」と私。「独身のときは1人暮らしだっただろう。その頃、聴いていたんだ」と夫。「私も結婚する前までは聴いていたのよ」と私。話が通じると思った夫は続けて言った。「けれど、城さん。亡くなったんだよな」と。「そうよ。ずーっと昔。でも詳しくは知らない。城達也さんのプロフィールを調べてみようか」と私が提案して、パソコンを開いて調べ始めた。

フリー百科事典「ウィキペディア」だけが、城達也さんの全容を綴っていた。「1931年生まれ。1995年没」とあった。亡くなって既に30年近くたっている。享年63歳。若くして亡くなったのだと、改めて感慨に浸った。ところが感慨に浸れたのはほんのつかの間で、続けて記述されている「大分県別府市出身」、「大分県立別府鶴見丘高校卒業」ということに驚き、心が躍った。

驚愕のハプニングだ。

夫には「1995年に63歳で亡くなったんですって」と伝えたあと、「『大分県別府市出身』で、卒業した高校が私と同じ『大分県立別府鶴見丘高校』とも書いてあったの。びっくりしたわ。でも、信じられないのよ。別府にいるときも、高校の同窓会でも、城達也さんのことを聞いたことがないもの」と声を弾ませて言った。夫は「もう30年にもなるのか。惜しい人を早くに亡くしたんだなあ。残念だなあ」、「だが、出身地や出身高校はよく調べたほうがいいかもしれないね」と言う。

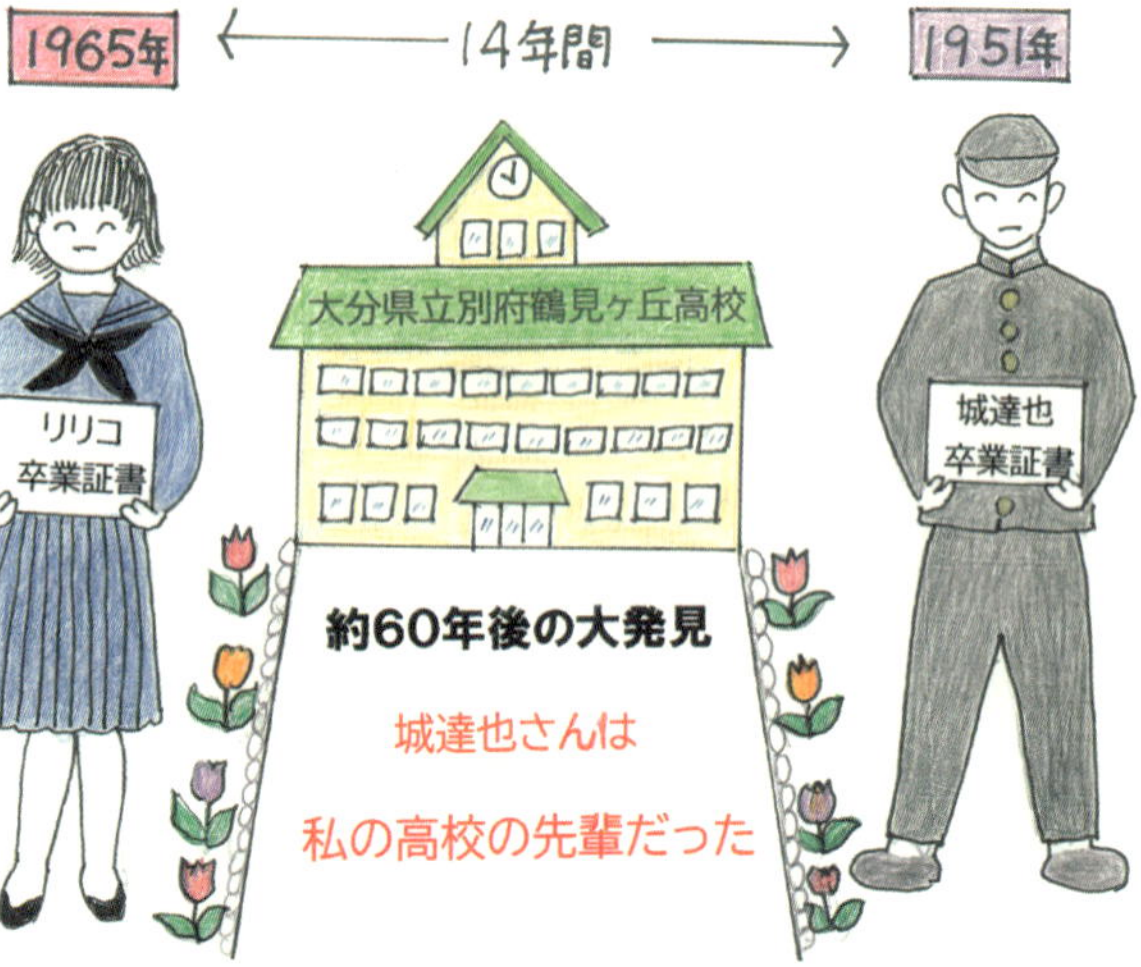

もし、これが事実なら、城さんは私の高校の先輩になる。私はこの関係に歓喜して高ぶる気持ちを抑えられなかった。「高校の先輩と後輩」関係はふつうは「あ、そうか」くらいのことで、これほどの感動をもたらすことはない。しかし、城達也さんが「高校の先輩」であることは、他人に自慢したくなるほど誇らしいことなのだ。なぜならば、城達也さんは、ラジオを通して、魅惑的な声と語りで、多くの若者に安らぎと癒しを与えてくれた、稀代の天才ナレーターであったからだ。没後30年たっても、その名は広く轟きわたり、慕われ続けているほどの人だからだ。

だが、これほどの著名人が出身地で知ら

れていないのは確かにおかしい。情報源のネットの「ウィキペディア」の情報は、信憑性に欠ける点もあると思われている。これは私の「恵み」に関わる重大事項だから、徹底的に事実確認する必要があると判断して、「ウィキペディア」に記述されている出典元を詳しく調べていくことにした。

「大分県別府市出身」の出典元はネットの「コトバンク」であり、すぐ確認できた。だが、これが信じられるのかどうか、私にはわからない。

「卒業した高校」の出典元は『ラジオライフ』という雑誌の「第2巻第3号74頁1981年5月発行」である。早速、メールで『ラジオライフ』編集部に問い合わせたところ、すぐ担当者よりお返事をいただいた。「『大分県立別府鶴見ヶ丘高校卒』という記載はございます。そこの所を切り取って、添付ファイルで送信します。また、全体をご覧になりたければ、その号は、紙の本は現在はないので、『Kindle』でお求めください」という待望のメッセージであった。事実だということがわかったのだ！

すぐさま、「Kindle」でその号を購入した。画像は黄ばみがひどく、写真は黒っぽくて本当の色はわからない。だが、こんな古い本が電子書籍になっているお陰で、今、読むことができるのだ。出版社の堅固なポリシーに脱帽する。

74頁全体が『ジェットストリーム』の紹介記事になっている。タイトルは「11年、3000回を迎えた、『ジェットストリーム』の人気の秘密」。城達也さんの写真入りだ。城達也さんの略歴は「パイロット」欄で次にように紹介されていた。

「城達也（本名）。昭和6年12月13日生まれ。大分県出身。昭和26年大分県立別府鶴見ヶ丘高校卒業。昭和31年早稲田大学文学部卒業。」

城達也さんが「大分県立別府鶴見ヶ丘高校の卒業生である」と記されている。しかも、この高校の卒業生しか知らない事実が書かれている。私など大昔の卒業生は、校名を書くとき「大分県立別府鶴見ヶ丘高校」と「ケ」を入れていた。「パイロット」欄の記述には、「ヶ」が入っている。城さんご自身が書いたものを基にしていることの証明となるのではないか。楽しみのない身には何よりの朗報だ。

「別府市出身」というのも恐らく事実だと思った。この高校は、他市町村から生徒が大勢押しかけてくるほどの、名門校ではないからだ。

私が5歳のとき、高校を卒業して、東京の早稲田大学に進学していたのだ。別府に住む人々や高校の同窓会で、知られていない理由はわからない。私は、あの城達也さんが高校の先輩だったと知るだけで十分、満足である。

5話において、私は「大分県立別府鶴見丘高校」に通っていたと述べた。城達也さんのことを知っていて、後にここで取り上げるために意図的に記したのではない。前述のごとく、能登半島地震のあとの防災グッズの点検時に、城達也さんの話題が出て、プロフィールを調べることになり、ネットの「ウィキペディア」↓出典元を確認して知ったのである。世の中、何と何が、いつ、どこで、どう動いて、繋がるのか、わかったものではないと、人と人の繋がりの謎に感じ入った。

東日本大震災のときも、ラジオの点検はしたのだが、そのときは城さんの話は出てこなかった。物事には何かの弾み・偶然ということがあるのだろう。能登半島地震の被害者の方々には、誠に申し訳ないことであるが、能登半島地震が起こらなければ、城達也さんとのご縁を知ることもなかった。既に支援義援金は届けていたが、「城達也さんとのご縁」を知った分、せめてもの気持ちとして、支援義援金を追加支援させてもらった。

『ラジオライフ』によれば、エフエム東京では、1970年4月から『ジェットストリーム』の放送を開始した。「ヤングアダルトやニューファミリー層の、音楽のある生活に密着した形で構成され、当初からブームを呼んでいた」という。

「鋭く澄み切ったジェット機の音にはじまり、印象的なテーマ音楽、「ミスターロンリー」に乗せて城達也の詩的なメッセージが流れると、リスナーはエキゾチックなムードにつつまれます。」と『ラジオライフ』には述べられている。「ちょっと違うな」と私は思う。「エキゾチック」ではなく「安らぎや癒し」ではなかったかと。『ミスターロンリー』は非常にゆっくりしたテンポの曲で、ゆりかごで揺られているような気分になれる曲だ。だが、「刺激の多い都会生活の神経をいやす特効薬として、いち早くイージーリスニングに注目したことは、この番組のクルーたちの勝利だったのです。」とも述べられている。『ジェットストリーム』は癒し系の番組なのだと私は今でも思っている。

城達也さんの声は渋いバリトンの美声と言われている。私のずっと年下の友人は、『ジェットストリーム』を聴きながら、受験勉強をしていたという。城達也さんの、周囲に溶け込んでいくようなしっとりと落ち着いた声のお陰で、ラジオに気を取られることなく、勉強に集中できたと言っている。

『ジェットストリーム』の始めと終わりのセリフは今でも覚えている。

「遠い地平線が消えて、深々とした夜の闇に心を休めるとき」で始まり、「日本航空がお送りした音楽の定期便『ジェットストリーム』。夜間飛行のお供をいたしましたパイロットはわたくし、城達也でした」で終わる。

恐らく、多くの人は最後まで聴くことなく、特効薬のお陰で、途中で心地良い眠りについている。多分、この番組を聴きながら眠りにつく人の多くは、アパートなどで1人暮らしをしている若者であろう。仕事や学業で、刺激の多い都会生活に疲れた若者が、1人、自分の部屋で聴きたくなる音楽番組だ。『ミスターロンリー』という曲がそれを象徴している。家族の団らんや街の喧騒とは無縁の世界だ。それが多くのリスナーを虜にした。もちろん、私もその1人だ。

城達也さんを追っていくなかで、予想外のおまけのハプニングに出会った。『ラジオライフ』の『ジェットストリーム』の記事は74頁に載っていたのだが、その直前の72頁と73頁も私にゆかりの記事だった。40年以上も前の雑誌に、私に関わりのある記事が二つ続いて載っていたのだ。不思議で仕方ない。

2頁にわたって、福岡市にあるRKB毎日放送が紹介されていた。そこに私は学生時代に出入りしていたのだ。もちろん、社員としてではない。社内にある社員食堂で、週2回くらい、夕方、ホール係のアルバイトをしていたのである。注文を受け、厨房に伝え、料理ができ上がると社員の席に運び、食べ終わると食器を下げるという仕事だった。

その食堂の名物料理は「長崎ちゃんぽん」であった。おいしくて私もよくいただいた。これまで「長崎ちゃんぽん」と聞くと、「福岡」を連想していたが、それが、RKB毎日放送の社員食堂の「長崎ちゃんぽん」だったということまでは行き着かなかった。思い出せなかった。若き日の懐かしい思い出だ。城達也さんがそこへいざなってくれたのだ。

城達也さんとのご縁は私の心を喜ばせ、豊かにしてくれる。どうか、私の夢の中にいらっしゃってください。お待ちしております。

【出典】
『ラジオライフ』第2巻第3号　三才ブックス　1981年
「コトバンク」(https://kotobank.jp>城達也)
フリー百科事典「ウィキペディア」(https://ja.wikipedia.org/wiki/城達也)

おわりに　人は「そのとき『一番幸せになれる』と思う」選択をする

ハプニングは、選択の連続の中で起ころうと、選択外から起ころうと、人に降りかかると、その人の選択の領域に取り込まれ、何らかの選択を迫られると、「はじめに」で述べた。では人はそこでどのような選択をするのかを最後にまとめたいと思う。

ハプニングは、日頃、考えてもいなかった思いもかけぬ出来事だから、善くも悪くも当人に衝撃を与え、ふだんの日常的な判断・選択では、ハプニングがもたらした状況にうまく対処できないこともある。ハプニングが、その人をどのような状況に置こうとも、その状況の中での最善の選択は、「そのとき『一番幸せになれる』と思う」選択をすることではないだろうか。人は幸せに平穏に過ごしたくて、生きているので、そのように選択するしかないのだ。それが人の本能だから。私もそのようにして生きてきた。

それでも、その選択が間違っていて、思いもかけぬ不幸な結果を招くことは往々にしてある。そして「私の選択は間違っていた」と後悔することになる。だが、後悔すべきだろうか。その選択は、「そのとき『一番幸せになれる』と判断した」ことだから、後悔しなくてもよいことではないだろうか。そのときは、それしかやりようがなかったのだから、「やるべきことはやった」、「最大限やった」と諦観することも必要ではないだろうか。

どのようなハプニングが起ころうとも、「そのとき『一番幸せになれる』と思う」選択をして、幸せで平穏に生きていける道を引き寄せましょう。ハプニングマインドは幸せホルモンである。不幸なハプニングは「折れない心」を、幸福なハプニングは「慈しむ心」を育ててくれる。どうか、ご自分の胸に手を当てて人生をふり返ってみてください。あなたもそうして生きてきたと納得することでしょう。

私のつたない文章を最後まで読んでいただき、ありがとうございました。心より感謝申し上げます。

2024年5月　青葉がまぶしい日に

リリコ

リリコ

1946年大分県生まれ。九州大学文学部（哲学科社会学専攻）で学ぶ。卒業後は主に福祉の分野で就業。その間に社会福祉士、介護支援専門員の資格を取得。介護保険制度開始後は、在宅・施設のケアマネ及び地域包括支援センターの社会福祉士職として勤務するも、両親の在宅介護をしながらの就業で苦労した。62歳時肺癌にかかったが、幸いにも完治。しかし10年前より原因不明の歯痛に悩まされ歯痛緩和のために文章を書き始め自費出版にも挑戦。５年前より老人ホームで静かに暮らしている。

私はハプニングマインドでできている

2024年11月26日　初版第１刷発行

著　者　リ　リ　コ
発行者　中 田 典 昭
発行所　東京図書出版
発行発売　株式会社 リフレ出版
〒112-0001　東京都文京区白山 5-4-1-2F
電話（03）6772-7906　FAX 0120-41-8080
印　刷　株式会社 ブレイン

ISBN978-4-86641-810-0 C0095
Printed in Japan 2024